인생의 향기가 느껴지는 풍경

박형수 시집

인생의 향기가 느껴지는 풍경

초판 1쇄 발행 2015년 10월 10일

지은이 박형수 · **발행인** 권선복 · **편집주간** 김정웅 · **디자인** 김소영 · **전자책** 신미경
마케팅 정희철 · **발행처** 도서출판 행복에너지 · **출판등록** 제315-2011-000035호
주소 (157-010) 서울특별시 강서구 화곡로 232 · **전화** 0505-613-6133 · **팩스** 0303-0799-1560
홈페이지 www.happybook.or.kr · **이메일** ksbdata@daum.net

값 13,500원
ISBN 979-11-5602-287-9 (03810)

도서출판 행복에너지는 독자 여러분의 아이디어와 원고 투고를 기다립니다. 책으로 만들
기를 원하는 콘텐츠가 있으신 분은 이메일이나 홈페이지를 통해 간단한 기획서와 기획의
도, 연락처 등을 보내주십시오. 행복에너지의 문은 언제나 활짝 열려 있습니다.

인생의 향기가 느껴지는 풍경

The landscape of life scent

박형수 시집

도서출판 행복에너지

차례

첫 번째

이수봉을 오르며

인연 그 깨달음으로 008　　지는 해 뜨는 태양 011　　컴컴한 청계산 이수봉을 오르며 014　　산에 가서 열심히 배우면 마음이 편해집니다 017　　꽃망울 되어 020　　아름다운 그리움 024　　꽃보다 아름다운 삶 027　　호박나물의 가치 029　　꽃은 져도 향기는 남듯 033　　사뿐히 즈려밟고 가시옵소서 036 몰랐습니다 038　　봄의 향연 041　　생각 그 끝자락에서 044　　봄의 옹알이 048　　즐기고 삽시다 052　　매일 이수봉을 오르는 이유 055

두 번째

고향 풍경

고향 풍경 061　　간절한 마음으로 살아갑시다 063　　들꽃 068　　김치 070 한 조각 구름 되어 073　　안목 075　　물을 봐도 산을 봐도 친구들이 생각납니다 079　　곡성군 082　　난을 보내주심에 086　　아름다운 그리움 088　　어제 오늘 그리고 내일 091　　깨를 볶는 아내 094　　눈물 096　　어머니 100 고향 생각!!! 나의 고향 닭제 108

세 번째

삶 의 여 정 에 서

내가 이 세상을 살아야 할 이유가 있습니다 112   갈대와 울대 117   이수봉이 형수에게 119   독도가 뭍을 그리며 124   사과드립니다 128   공드립니다 130   참회드립니다 133   당근입니다 136   행복 139   하얗게 내리는 눈을 바라보면서 141   한 마리 새가 되어 143   나비 144   마음 하나 145   마음 둘 149   마음 셋 151   하루 154   여행 156   가을맞이 158   선생님 160   터질 것 같은 162   배려 164   메르스 167   잠시 169   그리움 171   자연과 인간의 오묘함 172   냄새에 대한 추억 176   어느 구름에 비 올 줄 모릅니다 179

네 번째

동 행

울릉도에 가고 있습니다 184   나의 마음을 MRI로 찍어 186   함께 걸어갈 그 길에 189   그리운 친구에게 192   정든 친구에게 193   사소한 것들의 소중함에 대한 소고 194   삶의 여정에서 196   체감온도 198   빗줄기가 사랑으로 우정으로 인생 여정으로 그렇게 오더이다 202   가을이 오면 206   아름다운 동행 208   아름다운 동행2 211   이럴 땐 누구를 생각하십니까? 214   그 님을 기다리며 218   지혜롭고 슬기롭게 223   그 어디에 있어도, 자랑스런 금당인입니다 225   동행은 함께 걸어가는 인생길에? 230

출간후기 234

이 수 봉 을
오 르 며

인연
그 깨달음으로

깨와 소금을 섞으면
깨소금이 되듯

깨와 설탕을 섞으면?
깨달음이 탄생합니다.

뉴턴과 사과와의 인연이
만유인력의 법칙을 낳았고

잡스와 애플과의 만남이
세상을 바꿨으며

유성룡과 이순신과의 인연은
나라를 구했습니다.

원효대사는 해골바가지를 만나서
일체유심조를 깨달았듯

저는 새벽을 만나서
세상 모든 원리가
감사와 사랑이란 걸 깨달았습니다.

인생길에는 수많은 인연의
깨달음들이 있습니다.

밤하늘의 별을 보며
우주의 섭리를 깨우칠 수도

스치는 바람에도
계절의 원리를,

서로 나누는 악수에서도
사랑을 깨닫습니다.

모든 것에는 존재
이유가 있습니다.

내가, 우리가 살아가는 이유, 그것은
감사하고 사랑하며

나누고 베풀고 행복하게
살아야 할 이유입니다.

그것이 이 시대와
내가 만난 인연의 깨달음입니다.

지는 해
뜨는 태양

저 산 너머로 희미해져 가는 석양을 바라보며
한 해를 갈무리합니다.

기울어져 가는 해처럼
이런저런 기억들도
가물가물 멀어져 가네요.

석양의 붉게 물들어가는 노을은
찬란한 태양의 위용을 그리워하기에
더욱더 반짝입니다.

한 해를 보내는
아쉬움 속에서도

아름다운 추억
정들었던 우정
따뜻하게 나눈 가슴을 기억하기에
웃으면서 보낼 수 있습니다.

잊혀질 듯한 그리움에
아쉬움이 남지만

다시 기억될 것을 알기에
작별의 인사를 올립니다.

내일의 희망찬 태양은
미처 다 비추지 못한 그늘진 곳을 향하겠지요.

그것을 알기에
용기 내어 희망을 꿈꿉니다.

이루지 못한 어제의 소망
따스하게 떠오르는 아침햇살에
두 손 모아 보렵니다.

태양의 본질이 빛에 있듯
나의 본질은
감사와 사랑 나눔과 배려에
있음을 명심하고 실천하겠습니다.

태양이 온누리를

골고루 비추듯

나로 인하여
세상이 아름답고
행복했으면 좋겠습니다.

태양이 에너지를 생산하듯
나도 긍정에너지를 생산하여

따뜻하고 훈훈한
세상을 만들어 보겠습니다.

인연은 운명
관계는 노력입니다.

인연의 관계를
소중히 하겠습니다.

컴컴한 청계산
이수봉을 오르며

칠흑같이 어두운 밤
손전등 하나 들고

칼바람 맞으며
야간 산행을 했습니다.

금은보화가 있는 것도 아닌데
왜 혼자서 올라갈까?

참 나를 찾으러
나섰습니다.

두려움과 망설임 혹독한 추위
갈등의 연속입니다.

그렇지만 늘 그래왔듯이
긍정에너지를 충전하고
정신무장을 위해서는

자신을 담금질하고
몸과 마음을 갈고닦는 수밖에 없습니다.

처음 나설 때가 문제지
한발 한발 이마에 땀이 나고 나면
웃음이 절로 나고

조금은 나태해지고
의기소침했던 일상들이 활력으로
자신감으로 충만해옵니다.

추위 속에서 오는 따뜻함
어둠 속에서 오는 밝음

한 맺힌 설움에서 오는 인간미
두려움 속에서 오는 희망을 압니다.

엄마가 있는 집을 가기 위해
고등학교 때 25km 어두운 밤길을
뛰고 뛰고 했던 기억이 지금도 생생합니다.

정이 그리웠고

포근한 안식처 그 온기에 목 말랐습니다.

늘 허기지고
늘 혼자였으며

꿈을 꾸는 여정에서
외로운 방랑자였습니다.

그나마 나를 지탱해준 유일한 친구는
마라톤이었습니다.
그리고 새벽산행과 야간산행이었습니다.

그곳에서 자신감을 찾았고
긍정에너지를 감사와 사랑을 알았습니다.

그것을 알기 때문에
이 추운 야밤에 다녀왔네요.

세상아,
나는 지금 웃고 있다.

산에 가서 열심히 배우면
마음이 편해집니다

새벽산행에서
천국을 보았습니다.

감사와 사랑을
몸소 체험했습니다.

기쁨과 환희
겸손과 열정을 뜨겁게 느낍니다.

바람의 감촉이
마음을 어루만져줍니다.

베토벤의 운명교향곡이
새소리와 함께 들립니다.

긍정에너지가 온몸에
전율처럼 흐르네요.

이마에 흐르는 땀방울이
날갯짓을 하고요.

세상에 존재하는
1%법칙을 적용해봅니다.

모든 숫자에 1없으면
0이 됩니다.

50대 50에서 1%를
긍정에 두면 긍정
부정에 두면 부정

일체유심조
줄탁동시
세상만사 마음먹기 달렸네요.

이런저런 생각을
정리하면 스스로 힐링이 됩니다.

하루가 온통 아름다움이고
행복이네요.

웃음이
절로 납니다.

인생 뭐 있나요.
마음먹기 달렸지!

꽃망울 되어

그대 그리는 마음
어느덧 꽃망울이 되었다오.

활짝 웃음으로
반겨주시겠지요.

혹여 찬바람에 얼어 버릴까 봐
애타는 심정
아시는지요?

추운 겨울이 오면
끝나버릴 것 같은 생명

그렇지만
그대를 그리워하기에
참을 수 있었답니다.

벌 나비 되어
꽃잎에 사뿐히 날아와 주신다면

달콤한 꿀맛을 드리오리다.

열매 되어
상큼한 입맛 돋우어 드리오리다.
뽀송뽀송 반기오리다.

가까이에서
따뜻한 마음으로
〈산이 전해주는 것들〉

새벽 산행은 나에게 신앙입니다.

하나님은 온누리에
사랑을 설파하라네요.

부처님은 모든 중생들께
자비를 베풀라 합니다.

삼신할머니는
조상에 은덕을 쌓아라 합니다.

천국이 보이며

긍정의 에너지가
감사와 사랑으로 전율이 흐릅니다.

산행은 한 권의 책입니다.

자연의 오묘한 진리를
깨우쳐줍니다.

해가 뜨다 비가 오다
바람 불다 안개 자욱하다

장엄한 소설이 되었다가
순간순간 온기 전하는 수필이었다가
심금을 울려주는 시집입니다.

산은 나의 정원입니다.

영롱한 이슬방울로
아침을 맞이하게 하며

생명의 신비로 뽀송뽀송
탄생의 경외심을 줍니다.

바람 따라 새들도
운명교향곡을 불러주고

철따라 피는 꽃들은
저마다 아름다운 자태를 뽐내고

누가 뒤질세라
자기만의 향기를 풍깁니다.

산은 나의 헬스장입니다.

오르막에
심폐기능을 향상시켜주고
내리막의 순발력을 줍니다.

인내심과 지구력은
이마의 흐르는 땀방울이
담당합니다.

지금 이 순간에도
산이 나를 부릅니다.

아름다운
그리움

보고픔은
기다림을 낳고

손꼽아 새어보는 즐거움은
행복을 주시겠지요.

누군가를 찾아본다는 것
그것은 설렘이며 따뜻함입니다.

오신다는 그 햇살에
기쁨이 가득하면서도
자신의 삶을 뒤돌아봅니다.

더 잘 살아야겠구나.
그 먼 길 마다하지 않고…

나는 누군가를
찾고 싶은 사람이 있을까?

참으로
고맙고 감사한 일입니다.

인향만리라더니
자신을 더 갈고 닦아보렵니다.

한 그루 나무를 심고
알알이 영글어질 때를
맞이하듯

한 권의 고서를
한 줄 한 줄 읽어드리듯

빗소리 들으며
진한 커피 향을 맡듯

기다리며 웃으며
행복해하며 맞이하렵니다.

꽃보다
아름다운 삶

어질다는 말은
곧 사랑과 감사입니다.

자비롭다는 말도
곧 감사와 사랑입니다.

고로, 어질고 자비롭고
감사하고 사랑하는 것

동서고금
모든 종교의 불변의
진리입니다.

눈으로 볼 때도
사랑하는 눈으로 보십시오.

귀로 들을 때도
감사하고 사랑하는 마음으로 들으십시오.

입으로 말할 때도
감사합니다 사랑합니다 말하세요.

가슴으로 느낄 때도
손과 발이 움직일 때도
사랑과 감사를 표현하십시오.

싱그럽고 향기로운 인생

마음먹기에 따라
꽃향기가 나기도 하고
악취가 진동하기도 합니다.

새소리가 들리기도 하고
고통과 신음 가득한
환청을 듣기도 합니다.

모든 것은
의지의 산고입니다.

어떤 순간에도
긍정에너지가 작동하면

가능한 일입니다.

감사하고 사랑하면
온 세상이 꽃보다 아름답습니다.

호박나물의
가치

청산도 조그마한 마을
동네 할머니들이

폐 초등학교를
리모델링하여
식당을 운영하고 있습니다.

섬에서 자란 야채들만
사용하여 그런지
아주 맛깔스러웠으며

여행이 한층 더
즐거웠습니다.

또한 공간 한편에
나물과 팥 참깨들을 팔고 계시는데

일행 중 한 분이

호박나물을 연신 사시면서

이건 공짜라며
우리들께 권하는 겁니다.

본인이 직접 재배하여
나물을 만들어봤는데

건조 상태나
무게 등을 보면
완전 공짜랍니다.

나는 아무리 봐도
모르겠는데 말입니다.

그렇지만 하도 권해서
몇 봉지 사면서
많은 것을 느꼈습니다.

호박나물의 진정한 가치 하나도
제대로 모르고 사는 사람이
그 밖의 가치는

제대로 알고 사는지?

어떤 사물에 대한
진정한 가치

내가 입고 있는 옷
내가 신고 있는 신발
매일 먹고 있는 음식들의
가치며

매일매일 만나는 사람
수시로 접하는 카톡

밴드에 올려주는
주옥같은 명언들이며
아름다운 풍경들

진정한 가치를
알고 사는지?

해와 달 바람과 공기
신록 꽃향기 등

우리를 둘러싼
우주만물의 대한
참 가치를 알고 산다면

나의 존재의미와 더불어
가족, 친구, 이웃들이

한층 더 뜻깊은 의미로
다가올 것이며

우리들의 삶이
한층 더 행복해지지 않을까요!

호박나물아 고마워
너의 가치를 잊지 않고 살게!

꽃은 져도
향기는 남듯

이름 모를 잡초인 줄
알았는데

어느덧 예쁜 꽃이
피었네요.

바람결에 코끝을 스치는 향기는
라일락이던가요.

어린 시절
찔레꽃 향기에 취한
야릇함이네요.

꽃님은 갔지만
그님은 가슴에 남듯

하오에 햇살 같은
연분홍은 졌지만

그 님과의
추억은 무럭무럭 자라듯

가고 남는
꽃과 향기처럼

우리들의
만남과 인연이

꽃과 향기를 닮았으면
좋겠습니다.

인생사
곰곰이 생각해보니

만남과 헤어짐의
연속이지만

꽃과 향기에 대한
진한 그리움이네요.

인향만리를

봄바람에 날리면서

꽃과 나비처럼
열매를 맺어주는 매개가 되듯

나로 인하여
아름다운 세상이 만개할 수 있기를.

사뿐히
즈려밟고 가시옵소서

가까이 있는 당신을
기쁘게 해드리고 싶었으나

막상 흐드러지게 핀 들꽃
한 송이도 전하지 못했습니다.

못내 아쉬운 마음
전할 길 없어

마음의 꽃길이라도
당신을 위해 만들어 보았습니다.

사뿐히 즈려밟고
가시옵고 .

혹여 햇살 내리쬐거나
산들바람 불어오거든
내 생각도 잠시 허여다오.

첫 번째 이수봉을 오르며

호수에 비친 연두색
산 그림자

상큼한 봄 내음에
그리움 실어 동봉합니다.

몰랐습니다

세상에서 가장 반짝반짝
빛나는 보석이
내 자신이라는 것을

살아 숨 쉬고 누리고
느끼고 있는 지금 이 순간이
황금보다 낫다는 것을

그대가 내 곁에 있는 것만으로도
얼마나 큰 울타리가 되고 발판이 되고
디딤돌이 되고 있다는 것을

볼 수 있고 들을 수 있고
걸을 수 있다는 것이
얼마나 감사함인 줄

우주만물이 온통 나를 위해 존재하고
따뜻함과 온유함을 주고 있는데도
그것이 사랑인 줄을

내게 주어진 일상 직장 친구 자연
이 모든 것이 행복이라는 것을

보지도 듣지도 걷지도 못한
헬렌 켈러는 한순간도
행복하지 않은 날이 없다고 하고

세계를 정복한 나폴레옹은
내 인생에서 행복한 날은
단 6일밖에 없다고 하고

이제야 알겠습니다.
세상, 마음먹기 달렸다.

감사하고
사랑하십시오.

어떤 순간에도
긍정에너지를 마음에
품으십시오.

아름다운 말만

하십시오.

건강하시고
꿈을 꾸십시오.

행복이 저절로
대동할 것입니다.

나는 참!
행복한 사람!

봄의 향연

웃음이
절로 납니다.

차마 말하지 못하고
그저 바라만 보고 있을 뿐! 이지요.

민들레는
제비꽃을 보고 웃고

할미꽃은
개나리를 비웃고

아지랑이는
눈까풀을 유혹하고

종달새는
하늘을 향해 울고

나는 너 따라

첫 번째 이수정을 오르며

그리움에 울고

나비는 비단옷입고
알아서 오신답니다.

벌들은?
꽃이 있는데 당근이랍니다.

호수에 비친
산 그림자

꿈은 하늘에서
잠자고

형수는
호수가 앉아서

꿈을 꾸고
있습니다.

인생!
일장춘몽이랍니다.

생각
그 끝자락에서

엄마가 계신 곳이
집이고

친구가 있는 곳이
고향입니다

그래서
집에 가거나 고향만
생각하면

언제나 설레고
웃음이 절로 납니다.

꽃 필 때
누가 제일 먼저
떠오르시나요?

첫눈 올 때

누구와 대폿잔을
기울이고 싶습니까?

아름다운 시구나
멋진 글을 보면?

황금만을 쫓다가
정작 중요한 지금을
놓치고 있는 것은 아닌지?

반짝반짝 빛나는
보석이 바로
내 곁에 있는데

어디를 그리 헤매고
다니십니까?

집 그리고 고향이
세상에서 가장 소중한
행복입니다.

가까이 있는

보석, 울타리
지금부터 찾으시고
누리십시오.

눈이 희미해져 오네요.
머리가 희끗희끗하네요.
팔다리가 시려옵니다.

천당에 간 정주영 씨가
이병철 선배님께
5만 원만 꿔달라고 하니까

자네도
한 푼도 못가지고 왔는가

나도
한 닢도 못 가지고 와서 없네!

숨이 가쁘기 전에
조금은 아쉬워도
즐기면서 삽시다.

마음먹기에 달린

세상입니다.

봄의
옹알이

형형색색 봄꽃들은
향기를 날리고

봄바람은
살랑살랑 살갗을
간질이네.

아지랑이는 아롱아롱
눈까풀을 유혹하고

종달새는 조잘조잘
심장을 흔들어대네.

어이 할꼬
이 내 신세

새소리에도
답하지 못하고

아지랑이 하나에도
응대 못한 나의 삶

누라서 이 신세를
잘 산다고 말할꼬.

차마
봄을 탄다고
옹알이에 몸살이라고
핑계나 대볼까 하노라
〈가슴 떨릴 때 떠납시다 다리 떨릴 때는 늦습니다〉

모든 게 때가 있는 것 같습니다.

공부도 때가 있고
곡식도 제때 심어야 하듯

바람 불 때 연 날리고
햇빛 날 때 건초를 말리듯

바다는 겨울바다가 최고
꽃구경은 봄이 최고듯

노새 노새 젊어서 노새
늙어지면 못 노나니인 듯
말입니다

도칠 때 도치고
미칠 때 미쳐야지
레를 치면 쌩뚱맞습니다.

머리에서 가슴으로의 여행이
평생 간다고 합니다.

불과 50cm도 안 되는
거리인데도 말입니다.

우리는 늘 이성으로만
살려고 합니다.

뜨거운 가슴이 있는데도
웃어주고 손잡아주고
격려해주는 가슴 말입니다.

지금이 가장 소중한

시간입니다.

지금 떠나면 가슴이
떨리지만

내일 떠나면 다리가
떨립니다.

꽃들이 부를 때
가슴으로 맞이하십시오.

즐기고 삽시다

우리네 인생?

늘 아쉬워만 하다가
나이 들어가는 숙명인가 봅니다.

돈이 좀 많았으면
고위직이 되었으면

이런 것은
시간이 해결해주거나
나의 소관이 아닐지도 모르는데

너무나 연연해하면서
사는 것은 아닌지요?

다만 나의 소관임에도 불구하고
누리지 못한 것들

지금부터는

누리고 삽시다.

흐드러지게 핀
매화 진달래 벚꽃들

소중한 분들과의 만남
아름다운 자연
맛깔스러운 음식

다음에 하지 하고
늘 미루었던 것들이
안 올 줄도 모르면서

기약만 하고 사는 것은
아닌지요?

이번만큼은
미루지 않으렵니다.

왜냐고요?
또 속지 않은 인생을
지금부터라도 살아보려고요.

내년 내년
다음 다음 하다가
희끗 희끗 하네요.

봄날이 오고 있습니다.
연신 손짓을 하네요.

벌 나비되어
훨훨 날아봅시다.

그리운 사람들과
멋진 추억 맹글어 봅시다.

매일 이수봉을
오르는 이유

이승에 살면서
수명이 다할 때까지
봉소리는 안 듣고 살아야지
하면서 올라갑니다.

자신의 몸과 마음을
갈고 닦지도 않으면서

건강하지도 못하고
매사에 짜증을 잘 내고 하면

주변 사람들이 놀아주지 않으며 귀찮아합니다.
그러면 봉이 됩니다.

주렁주렁 흐르는 땀방울의
의미를 알기 때문에 갑니다.

오르막 후에 오는 상쾌함, 정상에서의 성취감

굽이굽이 산자락의 평온함

땀방울과 함께 근력도
탱탱하게 영글어 갑니다.

산에 가면 가끔가끔
해탈의 경지를 경험합니다.

천국이 보이며
감사와 사랑, 기쁨과 행복
긍정에너지가 충만해집니다.

철따라 불어오는 바람의
감촉을 느끼며
세상 흐름을 감지합니다.

세상인심이 훈훈한지
삭막한지 후덥지근한지
바람은 저에게 말해줍니다.

꽃들을 보면서
이기적인 나의 삶을 돌아봅니다.

과연 저 예쁜 꽃들에게
거름 한 번 줘봤는지? 물 한 번?

공짜로 살아가는 내 삶이
부끄러워집니다.

산은 내게 말합니다.

인생 뭐 있냐고?
나와 벗하면 알 수 있다네요.

두 번째

고향
풍경

고향 풍경

매화꽃은
수줍은 새색시의 미소처럼
방긋 웃으며
나를 반기더이다.

개구리는
앞산 뒷산에
잔설이 있는 줄도 모르고
봄을 알리더이다.

새울가 개밥나무는
버들피리 불던 어린 시절을
회상하며 죽마고우들을
그립게 하더이다.

달래는 보이지 않고
약초들만 보이는 것은
아마도 건강을 생각하는
나이인가 봅니다.

도토리나무에 추억 하나
밤나무에 추억 둘
감나무에는 추억이 주렁주렁

그리움들이 가슴마다
메아리쳐 오네요.

한恨
추억
꿈
고향을 생각하면 떠오르는
언어입니다.

그리고
고향은 나의 옹달샘이자
마음의 안식처입니다.

지금도 내 살갗에는
풋풋한 고향내음이

간절한 마음으로
살아갑시다

청순하고 해맑은 촉촉한 눈매
복숭아 빛 볼, 하오에 햇살 같은

예쁜 여자를 가슴에 두고
사랑에 빠진 적이 있었습니다.

가슴은 늘 설레고 방아를 찍고
매일 밤 꿈을 꾸고

하루에도 수없이 편지를 썼다
찢었다 온통 사랑이었습니다.

책을 봐도 어른거리고
바람결에도 사랑이었습니다.

보고 싶어 집 앞을 서성거리며
담장에 기대어 있다 잠이든 적도
많았습니다.

콩닥거리는 내 마음
누가 눈치챌까 봐 옹알이를
참 많이도 했습니다.

온통 세상이
사랑이었습니다.

지리산 자락 두메산골에 태어나
일찍이 아버지를 여의고

가정형편이 어려워
공부할 형편은 아니었지만

미지의 세계를 동경하며
저 제 너머에는 무엇이 있을까?

밤하늘에 반짝이는 별을 보며
꿈을 꾸기 시작했습니다.

오로지 꿈을 이루기 위해
몸부림치며 살았습니다.

간절히 바라면 그 꿈은
이루어진다고 했습니다.

병원에 가면 당신 지금
'말기 암 환자입니다'라는 선고를
받으면 어찌할까 하는 심정으로

아침 새벽부터 운동을 합니다.
그리고 틈만 나면 등산을 가고
꼼지락 운동을 합니다.

말기 암 판정을 받으면
어떤 생각이 들까?

우선은 가족에 대한 미안함
앞으로 해야 할 일들이 너무나도
많은 데 대한 아쉬움 원망

얼마나 큰 간절함으로
그리고 지난날에 대한 후회로 통탄을 할까?
우리는 너무나도 많은
허상들에 시간을 낭비하며

정작 중요한 일들에는
소홀히 하지는 않는지요?

자신에 대한 건강관리도
그렇고

꿈을 꾸고 가꾸며
진정으로 좋아하고 하고 싶은 일에
얼마나 시간을 할애하고 사는지?

잠시 소풍 나온 인생
감사하고 사랑하며 살아도 모자란 인생

후회 없이 진실하고 인간답게
나에게 주어진 소중한 삶과 시간들

사랑하고 꿈을 꾸며
건강하게 하루하루

간절한 마음으로
살아갑시다.

들꽃

이름 모를 들꽃!

자연에 순응하며
시절에 따라 자태를 뽐냅니다.

빨리 핀 꽃, 허둥지둥 피었다 금방 시들어버린 꽃
고운 자태 뽐내며 만인의 사랑 한껏 받고 핀 꽃

그 많은 들꽃 중에도
유난히 눈길을 주는 꽃이 있습니다.

화사하지도 널리 알려지지도 않은,
누군가의 발길도 없는
나지막한 비탈에

청순하고 해맑게 고운 꽃잎 드리운 채

콧잔등을 건드리는
향기로 반기는 이름 모를 들꽃

굳이 꽃말이 무엇인지
이름이 무엇인지 묻지 않으렵니다.

보는 그 자체만으로
웃음이 나고 행복하니까요.

나도
무수히 많은 사람들 중에
들꽃 같은, 그런 사람이고 싶습니다.

인향이 나고
누군가에게 희망을 주는
가끔이면 안부를 묻고픈

그런 이웃집 아저씨 같은
사람으로 말입니다.

김치

파아란 새싹
찬 이슬 방울방울

햇살도 한 잔
바람은 석 잔

안으로 안으로
속살 감춘 채 꽉꽉

누구 속을 채우려고
그러는가 했더니
내 뱃속을 채우는구려

파란 하늘도 먹는구나.
영롱한 이슬도!

아니지!
마음도 먹고
인정도

단맛 신맛 짠맛 꿀맛이구나.

이곳저곳 정처 없이
떠도는 나그네 인생

영혼 없이 앞만 보고 살다 보니
맛을 잊고 살아온 지가 어언 30년

아무리 아무리 찾아도
찾아봐도 찾을 수 없는 그 맛을

드디어 찾았구려.
어릴 적 향수의 그 맛을

멀리 있는 줄만 알고
찾아 헤매던 파랑새가
지척인 고향에 있었네요!

그런 거 아니던가요?
인생의 맛을 알고 나니
찾은 그 맛?

아~ 나는 알았네.
인생의 맛을!

아~ 나는 알았네.
김치 맛을!

인생과 김치 맛이
친구라는
것을!

한 조각
구름 되어

인연을
소중히 생각하며 살고 있습니다.

작은 점이 선이 되고 우주가 된다는 것을
너무나 잘 알고 실천하고 삽니다.

가끔씩 불어오는
산들바람 대하듯

이름 모를
들꽃 보며 빙그레 미소 짓듯

뭉게구름에
빵긋 웃는 햇살 대하듯
문득문득 그려보렵니다.

황금들녘과
주렁주렁 익어가는 담장 옆 감들이

마음을
훈훈하고 따뜻하게 합니다.

허기진 욕망을 채우기 위해
떠나지 않으렵니다.

지금 있는 모든 것에
감사하고 사랑하며 살겠습니다.

안목

어떤 사물을 눈으로
본다는 뜻입니다.

그런데 보는 사람에 따라
시야와 시계가 다 다릅니다.

그래서 똑같은 지점에서
풍경화를 그리는데도
느낌이나 배경을 다르게 그리며

사진을 찍은 데도 확연히
다른 모습의 꽃을 찍은 것을 볼 수 있습니다.

같은 선생님이 공부를 가르치는 데도
학생마다 천차만별의 결과가 나오며

운동선수들도 같은 원리로
훈련을 하는데도 실력 차이가 납니다.

이러한 현상이 왜 나타날까를
늘 골똘히 생각해봅니다.

머리가 좋고 나쁨의 차이일까?
부단한 노력이 부족해서일까?
환경에서 오는 차이일까?
교수법의 차이일까?

저 나름대로 판단하건데
머리로만 생각하고 즉 다시 말해서
이론적으로만 접근하려고 하니
한계가 오는 것 아닌가? 생각해 봅니다.

따뜻한 가슴으로 느끼고
그 대상을 사랑할 때 비로소

지금까지 보지 못한
보이지 않았던 가시와 상처
그리움과 외로움 행복과 미소가 보이고

그것을 그리고 갈고 닦고
뛰고 할 때 걸작이, 대문호가

탄생한다고 생각합니다.

톨스토이 베토벤 예수 석가
그 많은 성현들의 발자취를 보면은
고통 속에 피어난 사랑의 결과물들입니다.

동행 한 분 한 분들의
행동을 보면서
안목과 혜안을 길러봅니다.

복 짓는 분에게
반드시 행운이 옵니다

면면들을 보십시오.
승진 영전 사업번창

열정이 있으며, 참여하고
댓글도 열심히 달고
함께 정도 나눈 분들이
다 잘됩니다.

물을 봐도 산을 봐도
친구들이 생각납니다

새소리에 귀를 기울입니다.
지금쯤 그 어디에서
친구를 부르시나 보네요.

안개 자욱한 호반을 거닐면서도
해님을 생각합니다.

친구들 모두가
웃음꽃이 활짝 피기를
간절히 소망하기 때문이죠.

의암댐, 춘천댐, 소양댐
화천, 양구, 강릉, 정선, 영월
모든 곳이 친구들의 힐링 장소로 느껴집니다.

성급히 꽃피는
봄을 초대해봅니다.

얼음 속 흐르는 물소리도
따뜻하게 느껴집니다.

한탄강 입수의 함성이
귓전을 맴돌기 때문입니다.

보금자리를 떠나봐야
가정의 소중함을 알듯
혼자 있는 아침저녁이
그리움뿐입니다.

멀리서 들려오는 기적 소리에도
마음이 흔들립니다.
정이 그립나봅니다.

올라갈 때 못 본 꽃
내려올 때 보는 심정입니다.

인생이 다소 허전하기도 하고
새삼 인심도 깊게 들여다봅니다.

콩나물, 시금치 나물도 해보면서

마누라의 고마움도 배로 느낍니다.

어떻게 사는 것이
잘사는 건지
깊이 배워보겠습니다.

간혹 전화도 주시고
밴드 소식 접하면서
행복을 맛나게 느끼고 있습니다.

친구들만 생각하면
가슴이 뛰고 어디라도 단숨에 달려가고 싶은
인연입니다.

하루 중에 문득문득
보고 싶은 얼굴들이 떠오릅니다.

아마도
친구들을 무척 사랑하는가 봅니다.

곡성군

곡선입니다.
섬진강, 보성강이 굽이치고
산과 계곡이 구렁이를 닮았네요.

도도히 유유자적 발원지의 섭리 따라
물안개를 띄우며

여울목에 학 고이 접어
날갯짓을 드리웁니다.

물결 따라 바람 따라 들판에 일렁이는
자운영의 아름 따라 굴곡진 산 너울을 그림자 삼아

꾸불꾸불 돌 모퉁이 담장 삼아
뭉게구름 바람 따라

역사의 소용돌이
휘몰아치는 물살을 보며

내 마음의 조각배를
수도 없이 띄우고 또 띄워봅니다.

구불구불 흘러 흘러 정처 없이
생의 흔적 그 편린을 좇아갑니다.

곡선은
부드러움이며 여유입니다.
포용이며 아량입니다.
우리가 유독 너그럽고 인자하고
자상한 것은 곡曲에서 태어났기 때문입니다.

우리가
순수하고 열정이 넘실대며
효도하고 나라를 사랑함은
곡에서 나고 자랐기 때문입니다.

우리가
이렇게 아름다운 세상에서 맺은 인연은
곡에서 선하게 살아온 조상님의
은덕입니다.

우리가
손잡고 다정하게
험한 세상에 다리가 될 때

나는 물밑에서
받침대가 되겠습니다.

북극성이 되고
나침반이 되겠습니다.

머슴이 되어
가을의 결실을 한 아름 드리겠습니다.

촛불이 되어
세상을 보다 더 아름답고
밝은 옥토를 만들어 보겠습니다.

부족함이 너무나 많기에
두서없이 알맹이 없는 쭉정이를 부여잡고

쟁기질을 허공에
바람만 일렁이며 먼지만 날립니다.

고향땅이 여기서 얼마나 되나
고향에는 지금도 뻐꾹새 울겠지,

만나면 가슴이 뜨거워지고
추억이 있고 사투리가 있고
오순도순 정이 샘솟는

나의 고향은
곡성입니다.

난을
보내주심에

선비의 기개를 생각하며 살라하심이요.
인향만리를 발현하여

선정을 펼치라는 뜻임을
가슴속 깊이 새기겠습니다.

자신을 정진하는 데
소홀하지 말고
부단히 노력하라는 격려며

지금까지처럼
앞으로도 변함없는

인연 이어가자는
당부임을 명심하겠습니다.

조석으로 물을 주고
닦아줘야만 잘 자라듯

바람 불 때나
비가 올 때 보고 싶다고
안부 올리겠습니다.

시집보낸 부모님 심정 잘 헤아려
가문의 기풍 널리 전파하겠습니다.

아름다운
그리움

보고픔은
기다림을 낳고

손꼽아 새어보는 즐거움은
행복을 주시겠지요.

누군가를 찾아본다는 것
설렘이며 따뜻함입니다.

오신다는 그 햇살에
기쁨이 가득하면서도
자신의 삶을 뒤돌아봅니다.

더 잘 살아야겠구나
그 먼 길 마다하지 않고…

나에게는 찾고 싶은
누군가가 있을까?

참으로
고맙고 감사한 일입니다.

인향만리라더니
자신을 더 갈고 닦아보렵니다.

한그루 나무를 심고
알알이 영글어질 때를 맞이하듯

한 권의 고서를
한 줄 한 줄 읽어드리듯

빗소리 들으며
진한 커피 향을 맡듯

기다리며, 웃으며
행복해하며 맞이하렵니다.

어제 오늘
그리고 내일

어제는 저녁노을 그리며
석양이 지더니

오늘은 자욱한 안개 사이로
찬란한 태양이 떠오르고

내일은 반짝반짝
별들이 속삭이겠지요.

어제는 봄바람이
진달래를 보내더니

오늘은 여름바람이
아카시아 꽃향기를 날리고

내일은 가을바람에
한 송이 국화꽃을 보내겠지요.

어제는 우정을 그리워했지만
오늘은 애타는 사랑 한번,
내일은 인생을 논해보렵니다.

어제는 꿈을 꾸고
오늘은 눈을 뜨고
내일은 입을 열고 말해보렵니다.

어제는 소년
오늘은 청년
내일은 중년
이게 인생입니다.

과거 현재 미래라는 단위의
자락들입니다.

이런 인생을 어떻게 살아야
행복할까요?

감사와 사랑
겸손과 배려를 씨줄과 날줄로
촘촘히 엮어서

과거에 10%
현재에 80%
미래에 10%로 비율로
할애하여 살아야 합니다.

그러나 대부분은
50%, 10%, 40%로 살아갑니다.

쓸데없는 과거와 미래에
집착하며

정작 중요한
지금을 소홀히 합니다.
지금 뭐하십니까?

깨를 볶는
아내

톡톡톡 깨 볶는 소리
고소한 냄새 창문을 넘어
바람 따라

아내는 연신 저어대며
나에게 '고소하지요' 하네요.

나는 당신의 가슴이 더 따뜻하고
인향이 난다고 했네요.

그러면서 순간
신혼 때가 생각났습니다.

빙그레 웃음이 나고
그리워지고 설렙니다.

소꿉장난 살림살이
단칸방에서도 깨가 쏟아졌는데

어느새 잊고 살았네요.
그래서 힘들게 살았나봅니다.

딸 위해 이른 아침부터
연신 깨를 볶는 엄마 모습이
너무나 천사를 닮았네요.

아시겠지요? 예쁜 딸은
엄마의 소망임을

너도 엄마처럼
깨가 쏟아지게 알뜰살뜰
살아다오.

우리 집 고소한 행복의 냄새가
온누리에 바람 따라 퍼집니다.

눈물

학창시절에
어머님이 돌아가셨다는 소식을 접하고
얼마나 슬프게 울었던지요.

잘못했던 것만 떠오르고
불효자식이라는 생각에

땅이 꺼져라
통곡했던 적이 있었습니다.

혈육 간의 정에 목메게 불러보는
이산가족 상봉 장면에
눈물바다가 되었었지요.

세월호에
어린 자식 떠나보내는

부모님의 심정에 한없는
슬픔의 눈물을 흘렸습니다.

그러나
마지막 떠나는
임종의 순간을 지켜보면서도

눈물 한 방울도 나지 않는
그런 사람이 있습니다.

이생을 얼마나 모질게 살았으면
그랬을까요?

저는 그 자리에서 입술을 깨물며
다짐했습니다.
저렇게는 살지 말자고

그러면서 지금까지 살아온
자신을 뒤돌아보았습니다.

내가 지금 죽으면 나를 위해
과연 몇 사람이나 애달파할까?

막상 떠오른 사람이
가물거립니다.

나는 잘살아 왔는지?
아픈 상처만주고 가는 것은 아닌지

여생을 손꼽아봅니다.
그렇게 많이도 남지 않았네요.

그 이후로 저는
늘 다짐하곤 합니다.

비록 내일 이 생을 마감하더라도
나를 위해 단 한 사람이라도
가슴 깊이 울어주는…

나의 생각과 삶의 철학을
공유하고 싶어 하는 사람이 되자

나로 인하여 세상을 아름답게 하며
누군가를 위해 한 알의 밀알이 되자.

눈을 감아도 눈물이 납니다.
눈을 떠도 눈물이 나네요.

하염없이 흐르는 눈물
속죄하며 살겠습니다.

여생
힘닿는 그날까지

감사와 사랑을 나누며
낮은 자세로 남은 생을
살고자 합니다.

어머니

태어나고 자라
어느 정도 성인이 되어
자신을 되돌아봅니다.

지금까지 가장 존귀하고
감사하게 생각하는 것이 무엇일까?

몇 날 며칠을 곰곰이
생각해봅니다.

그 어느 것보다 계속해서
떠오르는 단어가 어머니네요.

그리고 또 생각해봅니다.
다른 것은 없을까?
아무리 생각해봐도 어머니네요.

세상 그 무엇으로도
바꿀 수 없고 나에게 절대적인

존재, 어머니

재롱떨고 말을 배우고
가장 먼저 말하고 가장 많이
사용한 단어, 어머니

철부지부터 사춘기까지는
세상에서 가장 위대하고
하느님 같은 절대적 존재였습니다.

결혼을 하고 나이가 들어가면서
연약한 여자로 보였으며

하나하나 단점도 보이고
못마땅하게 생각한 적도
더러는 있었습니다.

그렇게 위대하게 생각했던
어머니와

대화가 안 되고
세상 이치나 많은 부분에서 맞지 않아

갑갑함과 아쉬움으로
속상한 적도 있었습니다.

그리고 바쁘다는 핑계로
먹고살기 힘들다는 이유로
불효한 적도 많았습니다.

이제부터 효도 한번 해보자,
다짐하니 어머니는 귀가 안 들리고

속 시원하게 대화 한번 못해 보고
서로 바라만 보며

간혹 들리기라도 하면
몇 마디 하는

그래서 늘 아쉬움만 남는
만남들이었습니다.

구순이 되시던 해
휠체어를 태우고 세상 구경을
시켜드렸습니다.

순천만 선암사 고향산천
너무나 좋았으며

그간 못다 한 효도
몸살이 나도록 밀고 끌고

기회만 되면 해드려야지
다짐을 했습니다.

그런데
집에서 선풍기 줄에 넘어져

엉치뼈가 부러져
병원에 입원하고 계십니다.

전혀 거동이 안 되고
치매증세까지

먼 산만 바라보고
집에 가자고 조르고

외로움에 깊은 고독에 신음하고

본인은 물론 자식 된 도리도 못 해드리고
그저 바라만 보고 있습니다.

어머니, 한 여자로서의 일생을
되돌아봅니다.

어머니!!!

이 세상에서 가장 위대하고
고귀하신 어머니!

처녀일 때는
똥, 오줌도 냄새난다고
도망 다니시다

엄마가 되면
무슨 보물이라도 만난듯

기뻐하시고 진자리 마른자리
갖은 고생 다 하시면서

기쁨으로 웃으시며 길러주신

어머니!!!

그런 어머님을
마냥 지켜보기만 할 뿐

뭐 하나 제대로 해주지 못한
무기력과 그 텅 빈 자리

하염없는 그리움과 외로움에
목이 멥니다.

그렇게 그렇게 받아들이고 보내자니
눈물이 자꾸자꾸 흐르네요.

그 한 많은 설움
원망 없이 보내 드리자고 다짐하지만
어떻게 해야 할지 답답합니다.

그리운 어머니 엄마
사랑하고 고귀하신 엄마 어머니

재 넘어 그 먼 길

다 털어버리고

자유의 영혼 되어
이승에서 못다 한

그 모든 것들 원 없이 하시길
기원합니다.

오늘도 이 불효자식은
목이 메어 울고 있습니다.

고향 생각!!!
나의 고향 닭제

당산나무 그늘이 그리워지고
매미 소리가 아련한 추억으로 다가옵니다!!!

만남과 인연, 그리고 헤어짐이
이 세상에 존재하는 한 반복되고 있지만

고향 사람들과의 태생적 끈은
떼려야 뗄 수 없는 숙명인 것 같습니다!!!

각자의 다양한 삶들이 우리를 다소 멀게도 하지만
좋은 일이나 궂은일에는 멀길 마다않고 달려오는 것은
원초적 뿌리가 같기 때문입니다!!!

고향이 닭제라는 게 자랑스럽습니다!!!
맑은 물, 맑은 공기, 착한 심성, 부지런함, 끈기, 허기진 배,
서러움 등이 우리 닭제 사람들의 트레이드마크입니다!!!

그렇지만 지금은 대한민국 어느 동네도 부럽지 않습니다.

여러분들이 자랑이요 힘입니다!!! 보고 싶은데 한번
뵐까요?????

그립고, 보고 싶고, 아쉽고!!!
이미자의 노래 〈그리움은 가슴마다〉를
한 곡 불러봅니다.

애타도록 보고파도 만날 수 없네.
바람 부는 ☆☆☆☆
그리움은 가슴마다 메아리쳐 오네.

세 번째

삶 의
여 정 에 서

내가 이 세상을
살아야 할 이유가 있습니다

우리 엄마는 왜 그렇게도 모질게 살아야만 했을까?
하늘 아래 첫 동네 37살에 남편과 사별하고

핏덩어리 어린 자식들 논뙈기 밭뙈기 하나 없이
남의 집 허드렛일 해가며 강보에 어린자식 등에 업고
밤낮으로 초근목피 해가며 억척같이 사셨을까?

어린 시절에는 전혀 몰랐습니다.
오히려 창피하게만 여기며 친구 친지들로부터
놀림 당했을 때는
엄마를 원망하곤 했습니다.

이제야 알겠네요.
이 몸 죽은들 무슨 여한이 있겠습니까마는?

내가 낳은 자식 버려지고 굶주리고 올바로 자라지 못할까 봐
힘든 줄도 창피한 줄도

혹여 알았어도 오직 자식들을 위해 손발이 부르트고
어깨 허리가 끊어지는 고통을 참고 또 참고

가슴에 응어리가 되고 한이 되어도 죽지 않고 살아온 이유를
그리고 비가 오나 눈이 오나 하루도 거르지 않고
정화수 차려놓고

손금이 다 닳도록 지극정성으로 오직 자식들 잘되기만을
조상님 하느님 부처님 삼신할머니께 간절히 기도드린
그 마음을 어른이 되고서야 알겠습니다.

나도 지금 이 시점에서 왜 세상을 살아야하는지에 대한
이유를 자문해봅니다.

우선은 인간본연의 관점에서 볼 때 조물주로부터 물려 받는
천부적 생물학적 생명의 신비 우주만물 중
인간으로 태어날 확률의 고귀성과 희소성을 온몸으로 느끼고
살아야 할 천부적 인간의 기본 도리를 다하기 위함에 있습
니다.

그리고 뿌리를 내리고 대를 이어가는 박 씨 가문의 영속성이
조상 대대로 이어짐이 혈통의 맥이자 한 나라 한 민족을 형

성하고 유지 발전시키는 기본요소이기 때문입니다.

이러한 기본적 필수요건에 더하여 내가 이 세상을 살아야 할
가장 중요한 이유는 사랑하는 가족을 위해서입니다.

나 없이 가족들이 겪어야 할 고생을 상상해보면
절대로 죽어서는 안 될 이유들이 너무나도 많습니다.

우선은 세상에서 가장 사랑하는 부인이 살얼음판 같은
세파를 헤쳐 나갈 때 부딪칠 서러움, 시행착오

혼자서 마음대로 편하게 행동도 못 하고 자식들 가르치기 위해
경제적으로 얼마나 힘들지
여기저기서 남편 없는 과부라고 놀려댈 것이며
유혹 또한 심할지

지난날의 추억들을 같이 나누지 못할 때
가슴앓이가 심할 것이며
여행이라도 갈려면 얼마나 허전하고 쓸쓸할지

다정하게 손잡고 다니는 부부들을 볼 때
속은 얼마나 상할지

맛있는 음식을 보면 늘 어린 것들 상상들

그리고 나의 부모님이 나를 위해 그래왔듯이
나도 처자식을 위해 꿈과 희망의 씨앗을 뿌리고

적당한 온도와 토양, 보금자리, 가지치기, 필요한 교육 등을
제공해야 하며 자식들에게 든든한 버팀목이 되어야만 할
의무와 책임감이 있으며

천사 같이 예쁘고 예쁜 딸들이 축복의 결혼식을 할 때
아빠 손을 못 잡고 결혼식을 한다고 생각하면
이대로 죽어서는 안 되겠네요.
그리고 한 인간으로 살아오면서 크게는 부모님으로부터
받아온 하해와 같은 사랑 형제들로부터 받아온 우애와 격려

학교 다닐 때 은사님들의 교훈 친구들의 우정
자연과 사회가 주는 혜택에 대한 감사함과
고마움에 대한 보답을

이 세상에 존재하는 동안 반드시 조금이나마 보답해야 할
인간으로서의 소임이 남아 있기 때문입니다.

그리고 내가 꿈꿔왔던 인간다운 삶 훈훈한 정이 넘치는 사회
보다 더 이 세상을 살 만한 사회로 만들어 가는 데

한 알의 밀알이 되고 참된 가치실현을 위해
이 세상을 살아야 할 존재 이유가 있습니다.
그리고 작은 소망이 있다고 하면?

갈대와 울대

갈대는
희망이며 설렘입니다.

갈대는
순정입니다.

갈대는
생각을 합니다.

울대는
추억 하나 심어놓고
그리움의 편지를 씁니다.

울대는
님이 되어
다정히 손을 잡아줍니다.

울대는
성취감에 웃고

새소리 바람 소리에
콧노래를 부릅니다.

갈대와
울대는 연인입니다.

이수봉이
형수에게

내말 좀 전해다오.

만물이 생동하는
이 찬란한 아침에

새들의 운명교향곡이
온누리에 울려 퍼지고 있음을

자연의 소리가
메아리치고 있음을

라일락꽃 향기가
콧잔등을 간질이고

한 떨기 매화꽃이
애절한 작별인사를 기다리고 있음을

푸르른 연두색이

해맑은 동자를 닮았다고

국사봉은 말하네요.
백이 숙재 충무공 세종대왕이 보고 싶다고

한라봉은
따봉이랍니다.

공동묘지를 지나니
산 자들이여 내 몫까지 살아다오.

즐기고 베풀고 참고
100세까지

오솔길은 말이 없네요.
다만 산벚꽃 단장하고

진달래를 병풍 쳐서
까치를 초청하여

사랑 찾아 인생을 찾아
사랑하기 딱 좋은 나이야

인생길도
감사와 사랑 우정으로
살다ㅍ보면 희망 가득한 날이 올 거야

바라산에서 바라본
오늘의 세계

참으로 아름다운 봄입니다.
오늘은 선물입니다.
예쁘게 화장도 하고
마음단장도 화사하게 하여

산으로 들로
강으로 바다로
신이 주신 이 신비로운 자연의
선물을 마음껏 느끼십시오.

백운산 정상
지금까지 함께해주신
불빛, 흙, 돌, 바람, 새
산벚꽃, 진달래, 나의 육신과 영혼들에게

감사드립니다.

인생 파노라마가
영화 한 장면처럼
스쳐 지나갑니다.

나를 낳아주시고 길러주신
부모님을 비롯한 모든 분께
진심을 다해 고맙다는
인사를 올립니다.

하산하는
남은 인생
겸손과 감사
배려와 나눔을
실천하면서 살겠습니다.

독도가
뭍을 그리며

잔잔한 너울에
나의 마음 실어 보냅니다.

갈매기 울음소리에
곡을 붙여봅니다.

보고 지고
보고 지고
보~오~고~지고

한~양
낭~군~을
보~오~고~지고

부서지는 파도에
그리움의 편지를 띄웁니다.

해가 뜨면 사랑이었다.

달이 뜨면 이별가를 부릅니다.

떴다 지도록
떴다 지~도~록
웃어보고 애달파 목이 멥니다.

단숨에 뛰어보고, 단걸음에 달려가고
쿵덕거린 내 마음 방아를 찧습니다.

차라리 비라도
원 없이 맞고 싶어

하염없이 하늘에 뭉게구름을 따라
헛발을 디뎌봅니다.

종이배를 수없이
접었다 폈다

그리워하는 나의 마음
전해보렵니다.

행여 오시려나

뱃고동 소리에 두근두근
뱃머리에 황소 눈이 됩니다.

지나가는 나그네를 부여잡고
지난밤 애달파서
뜬눈으로 지새웠던

그리움의 편지를
님 계신 그곳으로 동봉합니다.

할미꽃에 그대향기 느껴보고
제비꽃에 박씨를 보냅니다.

토란잎 이슬방울처럼
금방이라도 터질 것 같은
꽃망울처럼
그대를 맞이하렵니다.

칸쿤 간 그 님은 별빛으로
만리장성 그 님은 카톡으로
청산도의 그 님은 등대불빛으로

뭍으로 뭍으로
당신을 위해 사랑을 위해

사랑 찾아 인생을 찾아
이 몸은 상상의
나래를 펼쳐봅니다.

사과드립니다

꿈과 희망
감사와 사랑

행복하고 아름다운 세상을
만들어 드려야 할 제가

바쁘다는 핑계로 일신상의 이유로
소명을 다하지 못하고 살아가고 있음을

일일이 찾아 뵙고
문안 인사도 드리고

아픔과 슬픔
기쁨도 함께해야 할 제가
순간순간 잊고 살아가고 있음을

심기일전하자고
용기를 갖고 서로의 디딤돌이
되자고 나서야 할 제가

뒷짐 지고 망설이고 있음을

자연으로 돌아가자
자연에서 배우자고 나서야 할 제가

손 내밀지 않고
혼자 걸어가고 있음을
일제강점기 때 조상들을 원망했던
그리고 IMF, 삼풍백화점, 세월호
나는 무엇을 했는지?

내가 과연 스스로에게 부끄럽지 않고
누군가를 원망할 자신이 있는지?

우리 모두 스스로를 돌보자고
외칠 수 있는 자격이 있는지?

인연을 강조하고
관계를 돈독히 하자고 했던 제가

말만 앞세우고 실천을
게을리하고 있음을
사과드립니다.

공드립니다

비나이다, 비나이다
천지신명께 비나이다

이 땅에 계신 모든 분들이
정의롭고 평화로운 안전한 사회가 되길
간절히 두 손 모아 공드립니다.

덕망 있고 지혜로운 지도자가
국리민복을 위해 일할 수 있는
기회를 주시고

현명하고 냉철한 그리고
서로서로 통합하여 조화로운
세상이 되길 공드립니다.

존경하고 사랑하는
국민 모두가

하시는 일마다

행운이 함께하시고

우주의 성스러운 기운이
온몸에 가득하여

건강하고 행복한 삶이
충만하시길 공드립니다.

함께 가는 인생길에
여러분 한 분 한 분이

머리는 맑고
가슴은 따뜻하고
다리는 튼튼하게 하여주시길
공드립니다.

얼굴에는 미소 가득하고
지혜로 가득한 삶 누리시길
공드립니다.

저는 오늘도 비바람 몰아치는
이수봉에서

한 많고 서럽고 원통한
세월호에 영혼을
달래달라고 간절히 공드립니다.

아픈 상처 아물고 새살이
돌아나길 공드립니다.

건강하고 행복한 나날되시길
공드립니다.

참회드립니다

저의 간절함이 부족하였나 봅니다.

그토록 빌고 다짐하고
호소하고 울부짖고 하였는데도

없는 글재주까지 동원해가며
마누라의 이혼까지 애원해가며

더러는 생업을 승진을 멀리
하면서까지 열과 성을 다하는데도

늘 외롭고 그립고 애가 타고
행여나 행여나
그 님 오실까 밴드와 함께
신음하고

전화도 드렸다가
메시지도 보냈다가

초신호 창의 인성예소

괜히 서운한 마음에
고래고래 술에 의지해보다가

이런저런 실마리를 찾아보고자
청계산으로 바라산으로

산들바람으로 새소리로
메아리를 띄워보다가

참으로 참말로
나의 가슴은 새카만 숯덩이입니다.

전지전능하신 하느님
저에게 능력을 주십시오.

절박한 간절함으로
머리를 조아리며 간청합니다.

어떻게 하면
함께 가는 동행 길에

한명의 낙오자도 없이

행복하고 재미지고 웃음꽃이
활짝 피는 아름다운 동행이 될까요.

오손도손 손잡고
저 푸른 초원 위에
그림 같은 집도 짓고

남새밭에 상추 고추 심어 놓고
형님 동생하며 100세까지
살고 싶네요.

보고 싶고
그립습니다.

당근입니다

윗물이 맑아야
아랫물이 맑고

산이 높아야
계곡이 깊다는 말 맞지요?
당근입니다.

덕망 있고 지혜로운 자가
나라를 다스리고

모든 잘못은 나의 부덕의 소치라고
용서를 구하는 게 도리이지요?
당근입니다.

열심히 일한 자가
정당한 대가를 받고

피땀 흘려 노력한 자가
금메달 따는 게 당연하다는

말 맞지요? 당근입니다.

함께하면 즐겁고
나누면 배가 된다.
그리우면 그립다.
보고 싶을 때 보고 싶다고
내가 먼저 손 내밀어야 된다는
말 맞지요? 당근입니다.

일제강점, 6·25, IMF, 삼풍사고
기름유출, 세월호

사고는 누가 치고
수습은 애꿏은 백성들이 한다고
원성이 자자한데, 맞지요?
당근입니다.

국가 개조한다고
각료 몇 명 교체하고 정부조직
떼었다 붙였다 한다고 개조됩니까.

국민 각자도 한 단계 더 높은

도덕성을 겸비하여

내가 먼저 솔선수범하는 게
도리라고들 하는데, 맞지요?
당근입니다.

행복

항상 마음속에 있는 것
가까이 느낌으로 전해오는 것

어느 순간 내 곁에 살포시 다가와
달콤한 입맞춤을 선사해 주는 것

지난날의 추억을 생각하며
아름다운 장면과 같이한 시간들을 그리며
한 잔의 커피를 마시는 순간

살아있음에 왠지 힘이 샘솟고
콧노래가 절로 흥얼거리고
은은한 추억 속에 음악들이 잔잔히 흐르는 시간

아무런 생각 없이 그저 하루가 흥분되고
좋은 일만 있을 것 같은 기분

살아 숨 쉬는 듯한 그대의 목소리
짜릿함이 쉼 없이 전해오는 것

새벽녘 삶의 여정에서

평소 그냥 스쳐 지나갔던 모든 것들에서
새로움을 느끼고 발견하고
그냥 스쳐 지나가지 못함으로 변해 있는 자신

산들바람의 감촉 하나라도
그대 가슴속 깊이 전해주고 싶고

새들의 지저귐이 마냥 아름다워 보이는 것
마치 우리의 속삭임처럼
다가올 세월을 즐겁게 맞이할 수 있다는
사랑, 우정, 삶의 의미를 알고 즐길 줄 아는 것

고통을 극복하고 함께 나눌 벗이 있음으로
하루가 의미 있어지는 것

단 한 줄의 좋은 느낌을 받기 위해 많은 책을 읽어야 했지만
행복은 늘 가까이에 있다는 걸 알았습니다.

하얗게 내리는
눈을 바라보면서

눈 덮인 산야는 겨울이 완연하건만
나의 마음 언저리에는 매화 향기 그윽하고

세상인심 꽁꽁 얼어붙어 한겨울이라지만
나의 마음 훈훈하여 살포시 미소 지어보네

왜 이럴까 내 마음
나는 알고 있지요, 지난날의 혹독한 추운 겨울을
지내오면서 터득한 마음의 여유겠지요.

산다는 건 간단치만은 않은 기나긴 여정
춥고 얼어붙고 미워하고 사랑하고
좌절하고 우뚝 일어서고

그런 삶 속에서 터득한 삶의 진리
인간은 마음먹기에 따라

인생의 가치를 어디에 두고 사느냐에 따라

긍정적이고 밝고 여유 있고 즐겁고 보람 있고
좋은 하루하루로 설계되는 것임을

그렇지만 나는 명심하지요.
나만이 사는 길은 존재하지 않는다고,

더불어 함께 살아가는 큰 길이 있을 뿐임을
하여, 주위를 살피고
칭찬하고 격려하고 사랑하면서 살겠노라고,

한 마리 새가 되어

바람 따라 세월 따라 가고 싶은 곳은 어디에나
훨훨 나는 너

세상풍파 헤치면서 하루하루 살아가는 나도
세월 따라 인심 따라 자유분방 날고파라

날고 나는 너는 무슨 생각하면서 날아가는지?
인간사 시절 따라 이념 따라 변하듯
네 나는 방식과 생각도 그러하는지?

속세에 물든 우리네 삶
너처럼 훨훨 날아

펼쳐진 대자연 계절 따라
형형색색 꽃도 보고

두둥실 떠도는 구름 타고
어느새 정들던 님 생각나면 그대 곁으로
날아가리.

나비

영롱한 아침 이슬 먹고 자란 넌
마치 내 마음속 깊이 간직한 채
내 곁에 살아 숨 쉬는 그대의 자태와 같고

꽃향기 찾아 날아가는 넌
달콤한 사랑 찾아 떠나는 내 모습 같아라.

훨훨 나는 나비처럼 그대 고운 얼굴 곁
사뿐 날아가서 반짝이는 눈망울에
꽃향기 달콤한 사랑 나누고 싶어라.

마음 하나

참 묘하지요?
어떻게 무슨 말로 표현할까요?

주고 싶은 마음이 있고, 함께 나누고 싶은 마음
보고 싶은 마음

멋진 광경이나 맛있는 음식
같이 보고 같이 먹고 싶은

마음에 문을 닫으면 바늘구멍 하나도
들어갈 수 없는 것이 인간의 마음인데
마음에 문을 활짝 열면 모든 것이 열리는

내 마음은 지금도
어디론가 누군가와 같이

나눌 공간을 찾아
산천초목을 상상하면서 즐거운 마음으로 일상을 산다오.

나는 어릴 적 워낙 골짜기 중에 골짜기에서
학교 다니면서

특히 중학교 다니면서 밤길을 많이 걸었는데
밤길을 걷다보면 묘지 옆을 많이 지나

정말이지 온몸에 소름이 돋고
머리끝이 쭈뼛쭈뼛 식은땀이 주르르 날 정도로
무서운 기억이 많았습니다.

그런데 신기하게도 나의 아버지 산소 옆을 지나면
마음이 놓이고 푸근하고

옆에서 지켜주시고 있는 것 같아 무서움이
순간 사라져 버리는

밤길을 걸을 때는 항상 뒤를 돌아보지 말라는데도
아버지 산소 근처에서는 뒤도 돌아봐 지고

참으로 묘하지요.
왜 그럴까요?

마음이라고 늘 생각하면서 산다오.
마음이 천국이요.
예수님도 석가모니도 내 마음에 있음을

때로는 시기하는 마음으로 밤잠 설치면서
낑낑거려 보기도 하고

지금도 수양이 부족해 마음 상하면서 살아가지만
그래도 마음 맞는 친구들과 나누는
소중한 공간이 있어 좋고

지난날을 거울 삼아
그리고 지금까지 쌓아온 연륜으로

앞으로는 마음 훌훌 털어버리고
웃으면서 재미있게 살렵니다.

갑자기 『어린왕자』 책에서 읽었던 한 대목이 떠오릅니다.
어린왕자님이 지구에 내려와 보니

예쁜 장미들이 수없이 많이 있는데 하늘에 두고 온
내가 키운 장미보다 소중하고 예쁘지 않다고

가뭄 때 물도 주고 바람 불면 울타리로 막아주고
그래서 지구의 장미보다 더 소중하고 아름답다고

우리도 지구상에 그 많은 사람들이 모여 살지만
나를 아는 이와 나눈 그 모든 것들이
너무나도 소중하기에

지구상에서 가장 아름답고 향기 나는
우리의 사랑으로 그리고 형수 색깔에 어울리는
늘 변함없는 박형수가 되겠습니다.

마음 둘

그리운 마음 보고픈 마음
설렘과 가슴 두근거리는 마음

그런 마음 간직하며 살아가는 너와 나
사랑이 메아리칠 때 느껴지는 마음

나의 간절한 마음 그대를 위해
그대의 간절한 마음 나를 위해

서로를 위해 아낌없이 주는 마음
그것이 바로 나의 마음 사랑하는 마음

꽃을 보고 그대 모습 떠올리고
산길 걸으면서 곰곰이 그대 생각에 잠기는 마음

수많은 사연 속에도 영롱하게
반짝이는 눈빛 속에도

진실 되고 순수하게 느껴지는 기쁜 마음

세 번째 삶의 여정에서

그게 바로 나의 마음
그게 바로 너의 마음

마음은 항상 그대와 같이 살아 숨쉬고
그대를 그리워하는 마음 사무치고 달랠 길 없어

내 곁에 재롱떠는 핸드폰에 마음 의지하며
하루를 설레는 마음으로 산다오.

그래도 마음은 늘 그대를 향한
갈증과 애정 기쁨 사랑뿐.

마음 셋

정신무장을 위해 부족한 운동량을 보충하기 위해
야간 산행을 하기로 마음먹고
저녁 10시에 집을 나섰습니다.

막상 나서고 보니 마음에 온갖 생각들로
포기하고 싶은 생각이 너무나도 많이 드는 겁니다.

혹시 귀신이 나오지 않을까.
도깨비가 갑자기 나타나면 어떻게 하지.

으슥한 곳에서 이상한 사람이 불쑥 나타나면 어떻게 할까.
호랑이는 없다고 하지만 혹시 나타나지나 않을까.

다른 짐승들이 나타날 것 같고
온갖 생각에 온통 머리가 복잡하고

머리카락은 곤두설 대로 곤두서고
한 걸음 한 걸음이 그야말로 긴장의 연속입니다.

온몸이 땀으로 뒤범벅이 되고
그렇지만 포기하지 않고 목적지까지 도착했습니다.

조금은 여유를 갖고 보니
저녁 야경이 너무나 아름답습니다.

내려와서 곰곰이 생각해 봅니다.
내가 생각하는 것들이 아무것도 나타나지 않았는데
왜 그리 무서워했을까를
그런 것들이 다 내 스스로 설정해놓은
부질없는 함정 아닌가?
무지의 소치일 수도 있고

아! 맞다.
세상살이도 다 그런 이치가 아닌가?

남들은 나에게 아무런 관심도 없는데
나 혼자서 그냥 혹시 남들이 나를 어떻게 생각할까?

욕은 안하는 건지 스스로 가정을 설정하고
혼자서 그냥 갖가지 생각들로
스스로를 멍들게 하는 것은 아닌지.

남들도 나처럼 바빠서 자기일 처리하기도 바쁜데
나에게 무슨 관심이 있겠는가?
스스로 정도의 길을 걸어가면 될 뿐.

하루

눈 뜨면 허전하고
간밤에 그리던 그대 생각이 가슴에 저미어 오고

보고픔이 사무치게 엄습해 오는
잠시 후 접할 메시지와 다정한 목소리를 상상하면

하루가 마냥 즐겁고 신나고
뭔가 좋은 일만 있을 것 같은

하루의 문안 인사가
간절함으로 다가온 기분

나만이 느끼는 하루의 가장 의미 있는 순간
혼자서 빙그레 미소 지으며
두 손 불끈 쥐고 하루를 활기차게 시작하지요.

일을 하거나 산행을 하거나 무슨 일을 하여도
하루가 온통 그대 생각뿐

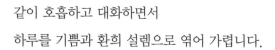

신보다 세상 어느 누구보다 그대를 그리며
하루하루 지내는

기쁨을 마음속 깊이 소중히 간직하면서
지금 이 순간에도 내 곁에서 사랑을 속삭이고

같이 호흡하고 대화하면서
하루를 기쁨과 환희 설렘으로 엮어 가렵니다.

글 쓰는 이 순간에도 어깨 너머
그대가 다정한 미소로 다가오고
금방 전화 목소리가 이 순간을
차지할 것만 같은 느낌, 적중하고 말았네요.

그대 목소리
아, 나의 하루는 온통…

여행

설레는 마음 부둥켜 앉고 무릉도원을 그리며
사랑하는 그대와 단둘이 떠나는 여행

한적한 곳을 목적지 삼아
둘만이 누리는 스릴, 빛나는 눈동자에 떨리는 가슴

두 손 꼭 잡고 어깨에 살포시 기대어
차창 밖에 펼쳐지는 대자연의 풍경을 바라보며

달콤한 키스의 입맞춤으로 사랑을 속삭이고
기쁨이 넘치고 환상의 세계를 체험하며

시인의 감성을 빌려 표현할 수 있는
모든 언어로 시를 지어보고

있는 그대로를 화폭에 담아보고자
한순간도 놓치지 않게 스케치를

행복이 무엇인지, 별처럼 아름다운 사랑이여

그저 바라볼 수만 있어도 좋은 사람

피아노곡으로 통기타로 듀엣으로
갖은 악기와 음성으로 노래 불러보고 싶고

언제 여행의 참맛을 이렇게 또 누려볼 수 있을까.
환상의 여행이란 이런 것이구나.

자신 있게 둘만의 추억으로 간직한 채
잊을 수 없는 순간순간의 눈빛과 시간 장면이 아른거리며
미소로 내 곁에 다가오네.

하얗게 휘날리는 백설 같은 폭포수가 뇌리에 지워지지 않고
영원히 간직하고픈 마음

그대와 함께한 추억, 풍경
맥주 마시며 바라보는 그대 눈동자

아!!! 그리고, 그리고 잊을 수 없는
평생에 잊혀 지지 않을 그곳, 그 여행

나는 새로운 여행지를 찾아
상상의 나래를 훨훨 펼쳐본다.

가을맞이

늘 감사드리며 덕분에 행복합니다
정을 나누기 참 좋은 날입니다

내가 먼저 가을을 드립니다
코스모스 한들한들 가을길로 안내하오니
잘 다녀오시고 주렁주렁 익어가는
고향의 감, 황금들녘
향수를 드립니다

뭉게구름에
그리운 님 실어 보내드리니
사랑 한번 나누시고
세월에 삭힌
산배주 드리오니
깊은 우정, 달과 함께
기울이시고
강남 간 제비들께도
안부 한번 전해주십시오

그런 가을맞이 없이는
뜨거운 커피를 마시고 있으면서도
가슴에는 한기를 느끼고
먼 들녘에서 불어오는
한 줌의 바람에도
괜스레 눈시울이 붉어지는

겉으로는 많은 것을
가진 것처럼 보이나
가슴속은 텅 비어 가는
가을이 될 것입니다

가을은 씨앗을 뿌린 자의 결실이며
바람과 인고의 결과입니다
인생! 참 많이도
가을을 닮았네요!

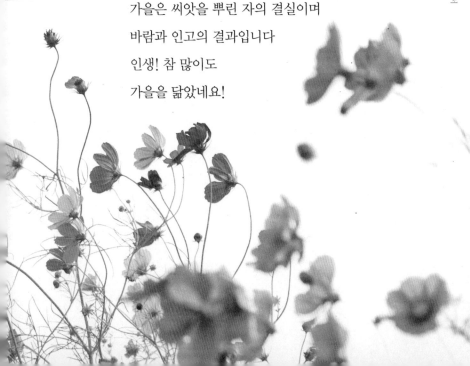

세 번째 삶의 여정에서

선생님

세상의 인연은, 부모님
깨우침에 인연은, 선생님

꿈 많은 소년은
알퐁스 도데의 〈별〉을 보며
북극성의 희망을 싣고
항해를 했습니다

가르침의 덕분으로
언제나 정도를 생각했습니다

숫돌을 갈면서도
칼집을 준비했으며
산들바람에도
인정을 실어보내고자
가슴을 태웠습니다

갈 길 몰라 방황할 때면
꿈속에서도 언제나

선생님이 있었습니다

세상은 넓고 지성은 뜨겁고
사랑은 온유하다는 것을 배웠습니다

덕분으로, 저로 인하여
세상이 아름답기를 갈망하며
한 알의 밀알이 되고자
자신을 불태우고 있습니다

선생님 하고 불러 보니
불효자식 같은 마음입니다

칠판에 새겨진 단어는 지워졌지만
내 마음에 새겨진 선생님의 교훈은
새록새록 길잡이가 되어줍니다

의식이 있는 한
지워지지 않을 이름입니다
선생님!

터질 것 같은

터질 것만 같은 꽃망울에
차마 잠을 이룰 수가 없네요
떨어질 것 같은 이슬방울에
눈물 대신합니다

보셨나요, 내 눈동자
들었나요, 내 가슴소리
금방이라도 터질 것만 같네요
당신이 그리워
당신이 보고파
당신이 그리워

향기의 추억
달콤한 키스의 입술
당신도 느끼고 있겠지요
빙그레 웃어봅니다
보고파서 그리워서
이 글 보면 어디선가
종이장미를 띄우겠지요

추억과 향기

그리움과 사랑을 실어

지금도 나는옛 생각에

터질 것 같은 가슴 조이며

나비 되어봅니다

그대 곁으로

사뿐히 날아가렵니다

배려

덕분에 마음이 따뜻해집니다
덕분에 힘이 납니다
새가 되어 날고 싶고
나비가 되어 꽃향기를 맡고 싶습니다

싱그럽고 아름답다는 말
하고 싶어집니다
눈부신 햇살 맞으며
오솔길 걸어보고
산들 바람에 콧노래 불러봅니다

라일락 꽃 향기더니
아카씨아가 반기네요
사랑의 장미를 한 아름 드리오며
한 송이 국화꽃을 헌화하기 위해
꽃씨를 심듯
그대 햇살 가리기 위해
양산을 생각해봅니다

이 글을

그대 미소를 위해 써봅니다

웃음으로 반겨주시겠지요

메르스

메스를 댑시다
열이 나고 곪아터진 부위에,
의사는 자신의 본분에 메스를 대고
환자는 자신의 환부에 메스를 대는
아픔을 참고
위정자는 노블레스 오블리주에 메스를 대고
국민 각자는
나라의 근간이라는 주인의식에 메스를 댑시다

르네상스?
왜 일어났는지 아십니까?
중세봉건사회에
인간성이라고는 손톱만큼도 찾아볼 수 없고
오직
하나님만 존재하고
오직
왕을 위해 짐승처럼 일해야 하는 세상에
인간이라는, 인간성을 찾아야 하는
절박함 속에서 탄생했던 것입니다

스스로를 돌아봅시다
작금의 현실에
부화뇌동은 하고 있지는 않는지?
정제되지 않은 정보를
유포하지 않는지?
나의 말과 행동이
국민경제에 얼마나 큰 영향을
미치고 있는지?

IMF 극복!
국민들의 금 모으기로
세계에서 유래를 찾아볼 수 없는
그리고 빠른 시일에
재도약의 발판이 되었습니다

자랑스럽고 존경하는 국민 여러분!
냉철한 이성과
따뜻한 가슴으로
자신의 몸과 마음을 추스리고
금 모으는 애국정신으로
이 난국을 지혜롭게
극복합시다

잠시

하늘에 뭉게구름
졸졸 흐르는 시냇물
잠시

가까운 지인
나를 일깨워주신 멘토님께
잠시

흑백사진 속의 추억
밤잠 설치며 접었다 찢었다 쓴
그리움의 편지
잠시

해변을 거닐던 우정
덜거덕 덜거덕 청춘열차
잠시

잊고 지낸
그리움, 추억, 우정, 첫사랑

오늘같이 싱그러운 날
한 번쯤 떠올리며
잠시

환한 미소 지어봄도

그리움

꽃의 향기는 바람이 전하듯
나의 향기는 새벽 산새소리로
전하겠습니다 그리운 것들은
언제나 산 넘어 구름으로 살다가
들꽃향기에 실려 오는
바람의 숨결처럼
나의 애타는 그리움은
추억과 꿈속에서 살다가
뱃고동소리에 날아오는 갈매기처럼
사뿐히, 미소로!
제비 앞장세우고 오신다기에
사랑한다는 말은 닫고
소리는 열고
가슴의 폭은 넓혀
훈훈한 그리움으로
반기렵니다

자연과
인간의 오묘함

심신수련을 위해
매일 올라가는 산이 있습니다
정상까지는 쉼 없이 가는데
내려오면서 잠시 쉬어가는
나만의 쉼터가 있습니다

그런데 똑같은 자리에 앉아서
자연을 바라보는데
아침에 다르고
오후, 석양, 달밤, 새벽
봄, 여름, 가을, 겨울
안개 자욱하더니
먹구름이 드리우고
햇살에 눈부시더니
새찬 비바람
오색창연한 단풍이다가
백설 같은 설경
노을 지는 석양

생각 없는 자연의
변화무쌍함도 이럴진대
생각과 감정의 동물인
인간사에
무슨 답이 있으리요

예수, 석가, 공자
그 이후 수천 년이 지나온 동안
수많은 성현과 철학자들도
인간이란 무엇인가?에 대해
고민하고 해답을 찾고자 했지만
그 답을 찾지 못했으며
세계 곳곳의 목사님들이
예수님의 사랑을 설파하고 있지만
사랑은 오히려 멀어만 가고
심산유곡에 스님들은
부처님의 자비를
목탁소리에 새벽을 깨우지만
인정은 메말라가고
공자의 인은
어디서 방황하고 계십니까?

사랑과 자비
어질고 현명함은
누구의 것이며
인간에게 무슨 의미입니까?
정의는 살아있으며
진화를 거듭한 인간 삶
누구를 위해 종을 울립니까?

단지 세상은 나를 위한 공간에
나의 자유의사에 따라
행동하는 순간들의 찰나인 것입니다
보이는 만큼 행동하고
마음먹는 대로 살다가
이 세상 하직하면 그만입니다
사는 데까지 잼지고
폼 나게 신나게 살다가
갑시다

인생 뭐 있어
알콜이지요

냄새에 대한
추억

출근길, 길모퉁이를 돌아가는데
바람 타고 수박 냄새가 콧잔등을 스치더니
뭔가 걷잡을 수 없는 진한 향수,
추억들이 상상의 나래를 치내요

허기진 배가 꼬르륵 꼬르륵 할 때
남의 밭 참외, 오이, 가지, 복숭아
냄새를 맡아 보신 적 있으신지요?

어릴 적 동네 어귀에 핀
찔레꽃, 아카시아꽃, 밤꽃
냄새의 진한 향수
모락모락 피어나는
빵집 수증기 냄새
호떡집을 스치며
마른침 꿀떡꿀떡
냄새만 맡아도?

그러나 채워지지 않는 욕구
동네 우물물 한 주전자 떠다가
사카린 몇 개 넣고
물로 갈증을 달랬지요

젊은 시절
동네 처녀 향수 냄새에
욕정을 달래던 생각도 스치고
모유의 대한 원초적, 본능적
냄새까지도요

우리가 현대사회를 살아가면서
잊고 사는 것들 중에
시골의 향기 갯 내음, 풋풋한
인간냄새들이 아닐런지요

그래서 우리들의 삶이
향기가 없는 호박꽃
앙꼬 없는 찐빵이 아닐런지요

차라리 시궁창 냄새라도
그리움으로 맡고 싶네요

그것이 나의 정체성을 찾은
시원의 냄새라는 것을
알기 때문입니다

엄마가 자식의
똥냄새를 반기듯
말입니다

어느 구름에
비 올 줄 모릅니다

하늘에 뭉게뭉게 떠도는 구름도
만남과 인연에 따라 보슬비가 되기도 하고
천둥번개 치는 요란한
소낙비가 되기도 합니다

어떤 구름은 임자를 만나지 못하여
맑은 하늘에 날벼락만 치고
전혀 예상 못한 구름에도
비가 내리기도 합니다

떠도는 구름도 바람과
햇살의 조화에 따라 변화무쌍하듯
우리들의 만남과 인연은 어떻습니까?

고향, 학교, 직장, 사회의 인연들과
어떤 의미를 갖고 살아가는지요?
나의 필요에 의해서만 그리고
필요할 때만 찾는 것은 아닌지요?

어느 구름에 비 올 줄 모르기에
늘 우산을 준비하고 외출을 하듯
고기 잡는 어부가 그물부터 준비를 하듯
가을을 수확하는 농부는 봄부터 밭갈이를 하듯

우리의 관계도 평소부터 안부를 묻고
커피의 진한 향기의 추억도 쌓으시고
보고 싶다고 전화라도 하면서
미리 미리 정을 쌓아야 할 일입니다

누군가가 갑자기 부탁을 하면
몹시 당황할 때가 많으실 겁니다
세상에는 공짜 점심이 그리 많지 않다는 것을
알고 삽시다

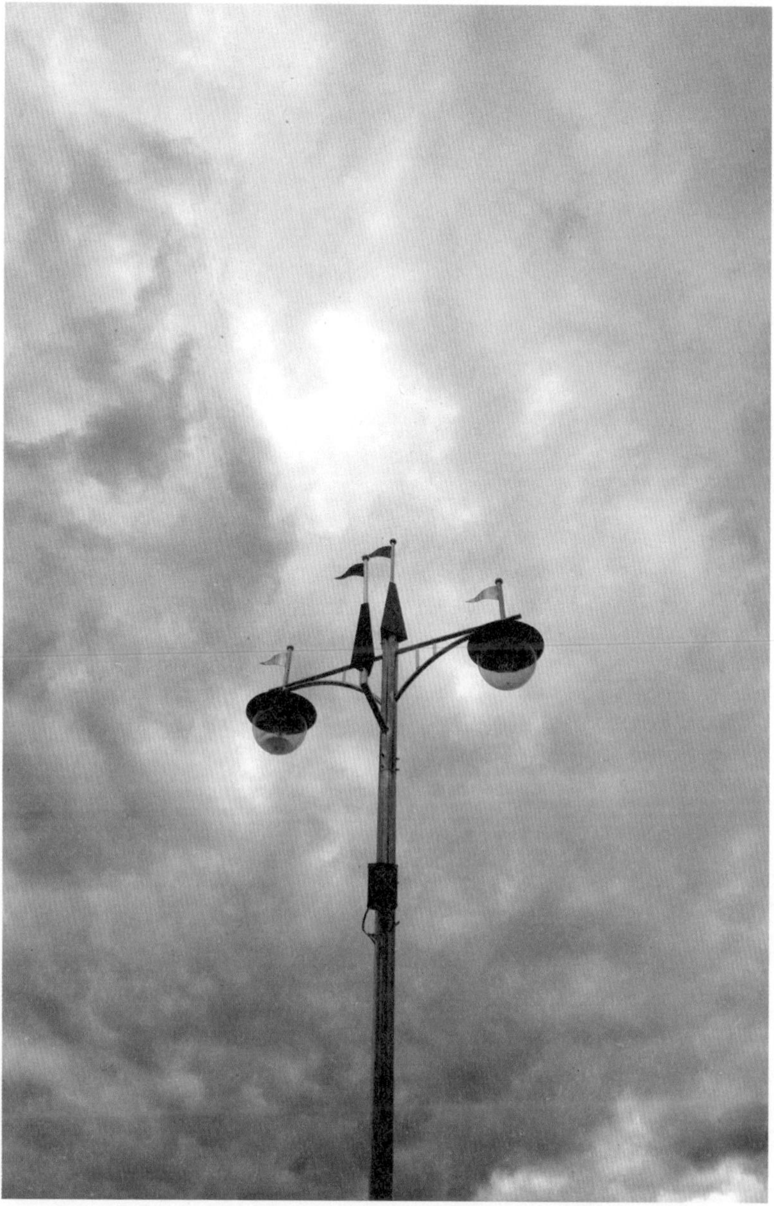

네 번째

동 행

울릉도에
가고 있습니다

망망대해
한 잎 낙엽 되어 생각의 편린을 내려놓고 나를 세우니
내 안에 빛이 반짝반짝 빛나네요!!!

직장에서나 언론 등을 보면서 세상이 나를 괴롭힌 것 같
았는데
결국 삶을 어렵게 만든 건 내 자신이군요!!!

내가 변하지 않으면 세계가 변해도 의미가 없다는 걸 깨
달으면서
두둥실 두둥실 흘러 흘러

해, 달, 별, 지구, 그리고 나!!!
어떤 인연의 끈으로 무슨 의미로 다가오는지

잡았다 놓았다 잡았다 놓았다
아!!!! 이곳이 이승인지? 바다인지? 천국인지?

나의 마음을
MRI로 찍어

나의 마음 MRI로 찍어 보낼 수 없어서
결국 이렇게 밖에 표현할 방법이 없네!!

아(±+×±+×÷)!! 이 찬란한 생명이 생동하는
싱그러운 5월!!!

같이 섬진강, 보성강, 그 사이에 있는 조그마한 섬
이름하여 무릉도원을

존경하고 인간 냄새 나는 친구와
같이 걷고 싶네.

한 폭의 동양화, 넘실대는 강물에
한 잎 꽃잎 되어 세상 시름 다 잊고

평생 잊지 못할 추억도 쌓고
인생의 노하우도 한 수 배우고 싶네.

연두색 수채화 섬진강 쪽빛 물결이
초대장을 보내 왔네.

뽀송뽀송 싹트는 생명의 신비를 보면서
희망의 불씨를 가슴에 심었네!!

복사꽃 뒤의 복숭아를 생각하니
한 알의 밀알의 의미를 이제야 무릎 팍 치며 통곡해보네!!

벌이 꽃을 찾아 날아다녀도
열매를 맺어주는 매개가 될 뿐
꽃에게는 아무런 피해를 안주듯!!

나로 인하여 세상이 아름다웠으면 좋겠네!!
오늘도 그 길을 찾아 흐르는 세월 속에 노를 저어갑니다!!

같이 함께 산들바람 맞으며 저어봄이!!
그리움으로!! 미소로!! 보고픔으로!!

함께 걸어갈
그 길에

함께 걸어갈 그 길에
매화, 산수유, 복숭아, 감, 사과, 배, 코스모스,
백일홍, 연산홍
꽃 심어놓고

열심히 물도 주고 걸음도 주고
울타리도 막아주며

아름답고 예쁜 꽃향기 맡으며
다정히 손잡고 걸어 갈 것을 생각하니
빙그레 웃음이 나네.

멋지고 예쁜 친구를 마음에 심어놓고 살아가니
세상이 아름답고 의지가 되며
삶의 의미와 행복을 절절히 느끼네.

감사하고 고맙네. 덕분임을 절감하며
그리운 마음 배꽃 향기에 실어 보내오니

소식 접하거든 빙그레 미소라도 띄워주소.

달빛에 비친 배꽃을 생각하니
그곳에 같이 있고 싶은 생각이 절로 나며

시조라도 한 수 읊으면서
그래도 한 시절을 풍미하며

세상 그대 덕분에 잘살았다고
고맙고 감사하다고

대폿잔에 꽃잎 띄워
이 찬란한 봄을 맞이하고 싶네.

내가 디딤돌이 되어 우리 서로에게
발판이 되고 의지가 된다면
기꺼이 그 길을 구도자의 자세로 걸어가겠네.

항상 든든하고 속 깊은 정에 푹 빠지고 싶고
생각만 해도 빙그레 웃음이 절로 나네.

뽀송뽀송 피어나는 새싹들이 생동감을 주며

생명의 경외심을 느끼네.

마치 자네의 자상하고 인자하심이 그러하듯이
늘 건강하시고 행운이 함께하시길 빌어 드릴게.
내 영혼으로

그리운
친구에게

버들피리 연분홍 치마 부르던 옛 추억과
약산 진달래 꽃 따러갔던 뒷집 순희 생각

겨우내 열어 붙었던 허전한 마음 달랠 길 없어
괜한 삽살개에게 화풀이 했던 미안함

요즘은 왠지 화무십일홍이요
권불십년이란 단어들이 뇌리를 서성대며

세상에 이방인 같은 씁쓸한 기분
열심히 살아온 죄밖에 없는데 라고

혼자말로 허공에 메아리 쳐 본 순간이 그 얼마나 많았던지
그렇지만 남은 여정 즐겁고 베풀고 참고 재미지게 살아보세
멋진 나의 소중한 친구야!!!!!!!!!!!!!

오늘따라 자네의 인향만리가 나의 콧잔등을 간지럽게 하네.
보고 싶네. 행복한 하루되시고

정든
친구에게

우정이 뭔지? 추억이란?
삶이 버겁거나 지루할 때?

진정한 미소가 무엇인가를
누군가에게 증명하고 싶을 때?

좋은 만남과 인연을 소개하고 싶을 때?
'인간이란 진정 이럴 수도 있고 저럴 수도 있구나'라고
혼자 속삭이고 싶을 때?

이 세상에 참 잘 태어났다고 자부하고 싶을 때?
동행 카페를 한번 찾을 것을 친구로서 권하고 싶네.
눈물 나도록 소중하기에 부탁하네.

친구야 앞산 뒷산에는 산머루가 익어가는 계절이다.
알알이 영글어가는 산배들에 추억을 생각하니
정든 친구들이 그리움으로 다가온다.
보고 싶다. 잘 있지?

사소한 것들의
소중함에 대한 소고

어두운 새벽 산행에
등불이 없으면 한걸음도 갈 수가 없습니다.

그런데 먼동이 트니
손전등이 귀찮아집니다.

우리가 살아가면서
공기, 감사, 사랑, 우정 등이 늘 필요하지 않다가도

어느 때는 절실하게 느껴지고
너무나도 소중하게 여겨집니다.

마치 어두운 새벽길
등불처럼 말입니다.

순간순간 소중한 것들 잘 챙기시고
닥쳐올 소중한 것들도 미리미리 준비하는 것
삶의 지혜입니다.

힘들다고 귀찮다고 미루는
안부, 답장, 관심
어느 순간 외톨이가 됩니다.

그리고 회복하는 데 너무나 많은 노력이 필요합니다.
'그리운 마음으로 보고 싶네요.'라고 안부 한번 보내세요.

삶의
여정에서

동행하는 삶의 여정에서
한 마리 새가 되어 자유분방 날아보기도 하고

나비가 되어 꽃향기 맞으며
이 꽃 저 꽃 날갯짓도 해봅니다.

물결 따라, 바람 맞으며, 새소리에
새로운 활력을 찾고 있습니다.

제가 아는!!! 한 분 한 분이
지혜로 가득한 한 권의 값진 책이어서
한 페이지 한 페이지 넘기며 열심히 읽고 있습니다.

지금도 귓전에서, 따뜻이 내민 손길에서
사랑, 우정, 감사, 자신감, 존재 의미
강력한 에너지를 얻고 있습니다.

서로를 내려놓고

보다 더 성숙하고 베풀고 함께 손잡고
인생길 걸어간다면

서로가 든든한 디딤돌이 될 것입니다.

산들바람 불어오거나 새소리가 정겹게 느껴지거든
박형수 소식이겠지 위안 삼으시고

빙그레 미소로 답해주세요.
그러면 힘이 솟구치고 살 만한 세상으로 안내해 드릴게요.

부족한 점 너그러이 감싸주시고
늘 건강하시고 행운이 함께하시길 빌어드리겠습니다.

체감온도

철원과 고성은
너무나도 열정이 넘쳐 에어컨을 보내야 할 것 같으며

부산 통영 완도 홍성 동해 울진 제주
그리고 수도권 일부 지역은
장작을 보내 군불을 지펴야 체감온도가 비슷해질 것 같습니다.

끓는 온도가 다 다르다는 것을
모르는 바는 아니지만

이쯤 되면 윗목까지 온기를 느낄 때가
온 것은 아닌가 점검을 해봅니다!!!

연료 공급 방식에 문제는 없는지?
막힌 데가 있는지?
지역별로 조직체계를 갖추어야 하는지?

한의사를 회원으로 영입하여
체질별로 진맥을 하여

그에 맞는 맞춤형 서비스를 해야 하는지?
심리학자에게 자문도 구하고 싶네요!!

100% 체감온도가 같을 수 없다는 것을
잘 압니다.
그렇지만 모닥불 앞에 같이 있는데
이렇게 다른지요?

같은 배를 타기로
그리고 다 함께 손잡고 동행하기로!!!

아무리 우수한 모범생들을 선발하여도
2대 6대 2 법칙이 예외 없이 적용되는가 봅니다!!!

옹달샘에 잠시잠시 들르셔서
생명수에 목도 적시기도 하시고

오고가는 친구들과 정담도 나누시고
내가 먼저 세상정보도 제공하시고

봉사하는 아름다움도 보여주시면
온 방이 골고루 훈훈해질 겁니다!!!

천국은 마음속에 있습니다!!!
내가 먼저 씨앗을 뿌리고 적정한 환경을 조성하는 것

그리고 지금까지 쌓아온 지혜와 열정 노하우를
아낌없이 나눌 때 세상은 아름다우며
살 만한 세상이 됩니다!!!

이런 마음이 동행포럼회원 모두가
작동했으면 합니다!!!
추운 겨울에는 그나마 여름이 낫다고 여기다가도
무더운 여름에는 눈보라치는 겨울을 동경하는!!

아프리카 사람들은 우리나라만 와도 춥다 하고
북극 지방 사람들은 더워서 힘듭답니다.

어떤 지방 사람들은 영상 5도에도 감기환자가 속출하며
얼어 죽는 사람들이 발생했다고 뉴스에 보도 되곤 합니다.

그 변덕스런 삶의 적정온도를
어떻게 설명해야 할지?

사무실에 냉방이 안 된다고 아우성입니다.

날마다 전력수급에 비상이 걸렸다고 하는
후진성의 보도가 뉴스를 장식하네요.

그런데 옛날 시골에 전기불도 없는 호롱불 밑에서
멍석 깔아 놓고 모깃불 피우면서

할머니 부모형제 도란도란 모여
별이 쏟아지는 하늘을 보며 북극성도 찾아보고

정겨운 덕담 나누며 보냈던 그 시절에는
오히려 낭만이 있었으며 인간의 향기가 있었습니다.

사무실이 너무 더워 죽겠다고 하는데
밖에 나가 보면 사무실이 그나마
시원하다는 게 느껴집니다.

과연 적정한 온도가 얼마나 돼야
쾌적하다고 느낄까?

사람들의 체질에 따라 다르고
기분에 따라 그때그때 상황에 따라 다른 온도
어떻게 맞추어야 될까?

빗줄기가
사랑으로 우정으로 인생 여정으로
그렇게 오더이다

장대비가 하염없이 내리는 빗줄기 속으로
살포시 미소 지으며 그렇게 그렇게 오네요.
사랑으로!!! 영혼으로!!!! 그리움으로!!!

함께 다정히 손잡고 동행 길 사이로!!!
내면 깊은 곳으로부터 흘러내리는 그 빗줄기는

정녕 내 마음을 송두리째 앗아갔던
첫사랑의 달콤함이며
가슴 저리게 애태웠던 불멸의 영혼의 빗줄기입니다.
사랑의 촛불입니다.

빙그레 웃으면서 나의 가슴속 깊이 흐르는 빗줄기는
정이 그리워 내리는 나의 죽마고우입니다.

세상풍파 해치면서 살아온 인고의 눈물이며
지나온 세월에 대한 그리운 가슴 적시는

우정의 뜨거운 눈물입니다.
남은 여정에 대한 기쁨의 은총입니다.

삶의 흔적들을 말끔히 씻어주는
저 빗줄기는 인생의 여정으로 다가오는 나의 동반자입니다!!

그렇게 내리는 그리움들이
강물이 되고 바다가 됩니다.

그리운 정의 그 빗줄기가
그간의 나의 찌꺼기들을 이렇게도 말끔히 씻어주네요!!!

어제의 마곡사 천렵의
시원함과 짜릿함처럼

아!!! 내려다오!!!
흘러다오!!! 뿌려다오!!!

그 속으로 그대 곁으로
찬란하고 영롱한 추억 속으로!!!
일곱 색깔 동행의 꿈들이여!!

가을이 오면

계획한 것이
알알이 영글어질 줄 알았습니다.

매년하던 반복된
후회는 안하리라 다짐했는데
허전합니다.

여행도 많이 하고
책도 많이 읽고
좋아하는 운동도 많이 하고
아쉬움이 떠오르네요.

씨앗을 뿌리지도 않고
결실을 바라는 어리석음을
깨우치지만 늦었네요.

공부도 안하고
100점을 바라는 도둑놈의 심보
언제쯤 안 할런지?

운동도 하지 않으면서
건강을 바라는 이중성

미리미리 준비하지 않고
연말에 부족한 교육점수
받으려고 하니 쫓기네요.

그렇지만
후회하지 않으렵니다.

부모님 휠체어 태우고
순천만 정원박람회 선암사 고향방문
고위자 과정 수료
업무 성과평가
동행탄생
한탄강 포천 섬진강 안동 국토순례
나름
칭찬도 해봅니다.

관악산 기슭
중앙공무원 교육원 옥상에서.

아름다운
동행

첫닭의 울음소리는
태고의 신비를 깨우는 여명입니다.

줄탁동시!!!
병아리의 탄생에 대한
애절한 몸부림과
어미 닭의 모성 본능의 울림입니다.

잠자리가 한 생명으로
태어나기까지는
애벌레의 기나긴 인고의
인연의 끈입니다.

고양이 목의 아름다운 방울소리는
세상을 청아하게 하고픈
주인의 귀에 대한
세심한 배려입니다.

한 송이 국화꽃도 우연히
피는 꽃은 없습니다.

천둥과 비바람
시절과의 인연들의 조화로운
하모니의 결정체의 산고입니다.

아름다운 동행
조상님들의 은덕의 결과이며
평소 성실하고 겸손하게 살아온
품행의 결실입니다.

억겁의 시간
탄생과 소멸의 윤회 속에서도
영혼불명의 생명과
위인들이 있습니다.

아름답게 살다 간 흔적의
감사와 사랑의 결정체들입니다.

동행
생각만 해도

가슴이 요동을 치네요.

동행
손 내밀어 뜨거운 악수하고 싶네요.

동행
웃음이 절로 납니다.

동행
발길이 가볍고 어디라도
함께 걸어가고 싶네요.

아름다운
동행2

함께함이
아름다운 동행입니다.

건강 챙겨주는
동행 있어 살맛나네요.

맛난 것 사주시는
동행 있어 배부릅니다.

손 내밀어 주신
동행 있어 따뜻합니다.

앞에서 끌어주시고
뒤에서 밀어주신

동행 있어
인생길이 가뿐합니다.

행복해 하시는 모습에
웃음이 절로 납니다.

꿈을 꿔도 별을 봐도
달을 봐도 동행하고 있습니다.

추위를 많이 타는 편인데
동행한 이후로
전혀 춥지가 않습니다, 덕분입니다.

책을 통해서
강의를 하면서

감사와 사랑을
외치고 다녔는데

동행을 통해서
몸소 실천해보고 싶습니다.

눈이 하염없이 내리는
차창 밖을 바라보면서

한 송이 한 송이가
동행 한 분 한 분으로
다가옵니다.

아마도 동행을
무척 사랑하나 봅니다.

첫사랑 때도
못 느껴본 진한 사랑입니다.

이럴 때
누구를 생각하십니까?

첫눈이 하염없이 내리는
산길을 걸을 때

이제 막 꽃망울을 터트리는
목련의 신비를 볼 때

산행 길에 순간순간 포착한
새순, 할미꽃, 단풍, 풍광, 맑은 물
정상 표지석을 바라볼 때

시원한 막걸리 한 사발
순간 스쳐가는 바람결의 상쾌함이
내 얼굴을 간지럽힐 때

철썩철썩 부서지는
파도 소리 들으며 백사장을 거닐 때

차창 밖에 한들거리는

코스모스, 허수아비, 황금 들녘을
바라보며 드라이브를 즐길 때

스마트폰, 카톡 속의 아름다운
배경이나 노래, 좋은 글을 접할 때

맛집에서 먹었던 음식이
너무나도 맛있었을 때

감동적인 영화나 강연
인간승리의 스토리를 보거나
느낄 때

호숫가 벤치에 앉아
진한 원드커피 향기를 맡으며
한가로이 노니는 오리의
평화로움을 볼 때

불꽃의 환상적인 아름다운
황홀경에 빠질 때

매주 사는 로또 복권이

1등에 당첨된다면

저 푸른 초원 위에
그림 같은 집을 짓는다면

왜 사는지? 무엇 때문에
그렇게 고생하며 사느냐고
물으신다면?

삶의 현장에서 느끼는
외로움 그리움 행복 스트레스 해소 등을
누구와 같이 푸느냐고
물으신다면?

지인으로부터 홍어 전복 해삼
행복 쌈채 등을 선물 받을 때

산행 길에 우연히
100년 묵은 산삼을 캔다면

지금까지 살아오는 동안
가장 소중한 만남의 인연이

있느냐고 물으신다면

집안에 누가 아플 때
경찰서나 법원 등에 위급한
상황이 발생했을 때

100세까지 다정히 손잡고
아름다운 꽃길을 함께 걸어가고
싶은 사람이 누구냐고 물을 때

( )출제자의 의도를 감안하여
순서대로 2개만 답하시오

그 님을
기다리며

함께함이 아름다운
동행입니다.

늘
자리를 비워 놓았습니다.

주인이 기다리고
있다는 것을 알기 때문입니다.

그 자리는
류대현 사장님이 앉으셔야만

어울린다는 것을
익히 느낌으로
감지하고 있었습니다.

인품과 인연
자리와 관계

다 시절 운이 있어야 하며

그에 상응하는
그릇만이 기회가 온다고
생각합니다.

어떤 바람은
촉감이 너무나 상쾌하게 다가오고
어떤 꽃은
악취가 나는 꽃도 있습니다.

어떤 인연은 평생
기쁨과 우정으로

어떤 관계는
손을 제때 놓지 못하여
평생 굴레로 나를 힘들게 합니다.

우리가 걸어온 길
걸어가는 길

이제는

멋진 연출자가 되어야한다고 생각합니다.

자신이 바뀌지 않으면
세상이 아무리 변해도

아직도 고려시대 생각으로
사는 사람들도 많습니다.

연출자는 수없이 바뀌고
무대는 늘 그 자리를
지키고 있습니다.

나에게 주어진
남은 인생의 무대

폼 나게 보람 있게 멋지게

동행과 함께
어깨 춤을 추며

100세까지
88 2 3 4하시죠.

지혜롭고
슬기롭게

싱그러운 햇살이라고 말하고 싶습니다
살만한 세상이라고 외치고 싶습니다
일부러 산길을 걸어보았습니다

지금까지도 그랬고 앞으로도
그럴 수밖에 없는 인간사
언제 이 세상이 공평하고 평등한
걱정 없는 시절이 있었습니까?

질병 없이 단 하루도
마음 편한 날 있었습니까?
하늘이 무너졌습니까
땅이 꺼져 내렸습니까

의연하게, 차분하게
그렇지만 냉철하게
각자의 본분을 다하며
감사하고 사랑하며 삽시다

지금까지 나라를 지탱해 온 것은
위정자들이 아니었습니다
위대한 국민!
민초들이었습니다

미풍에도 너울거리는 파도에
호들갑을 떠는 선장이 아니라
집채만 한 쓰나미에도
흔들리지 않는 위대한
국민들이 됩시다

세계에서 가장 살기 좋고
인심 좋은 곳이 자랑스런
대한민국입니다

우리가 살아가고
후손들이 살아야 할 이 땅
지혜를 발휘하여
이 난국을 슬기롭게
잘 극복합시다

그 어디에 있어도,
자랑스런 금당인입니다

몬당에서 불어오는
세찬 바람도

빙그레 웃음으로 온기가
느껴집니다.

꽃향기를 맡으면
학창시절 그리움의 추억들이
속삭입니다.

몬당과 자랑스런 금당인들과 함께
인생을 살아간다는 것은
참 행복한 일입니다.

밥은 먹을수록
살이 찐다하구~

돈은 쓸수록

사람이 빛이나구~

나이는 먹을수록
슬프지만~

지혜와 덕망으로 가득한
금당인들이 알수록 좋아지는 건

비록 돈 한 푼 안 드는
카톡이나 문자메시지만

인자하고 속 깊은 금당인들과 함께한
올 한해 즐거웠고, 행복했기 때문입니다.

한순간 음미하고 사라질
문자일지라도

마음에 남은 온유함과 따뜻함은
계속 기억되고 이어질 것입니다.

지혜와 덕망으로 가득한
금당인들이 참 좋았고

가끔 안부를 묻고
이렇게 감사의 마음을 전할 수 있는 삶에
또한 감사드립니다.

얼마 남지 않은 2014년
어설픈 밴드 대화에도
때로는 어설픈 우스갯소리도

마음으로 응대해 주신
후덕한 자랑스런 금당인들이 있었기에

주위와 나 자신을
다시 한 번 돌아보게 됩니다.
고맙고 감사드립니다.

밴드에 남긴 문자는
사라질지 몰라도

내 마음에 새긴 금당인들의
따뜻한 마음은 영원할 것이며

올해 남은 날들도

멋지게 알차게 성공적으로
마무리 잘하시길 바랍니다.

그리고

늘~
가정에 화목과
건강이 함께하시길
빌어드리겠습니다.

인생 뭐 있나요?
건강이 최고지!

자랑스런 금당인 여러분!!!
자긍심을 가지고

멋지고
알차게
재미지게 살아갑시다.

동행은 함께 걸어가는 인생길에?

물입니다.
새벽에 토끼가 물 마시러 오는
옹달샘이며

나그네의 갈증을 해소해주는 오아시스 같은
생명수입니다.

낮은 데로 흘러 흘러 강이 되고
바다가 되며 우주를 만드는
상선약수입니다

태양입니다.
찬란하게 떠오르는 희망이며
열정입니다.

탄소동화작용의 원동력이며
우주를 살찌우는 모태입니다.

별입니다.
항해사에게 나침반이 되어주고
내 가슴에 반짝반짝 빛나는
꿈입니다.

바람입니다.
처녀 가슴을 애태우는 봄바람이며

연분홍 치맛자락 휘날리는
그리움의 삭풍입니다.
여름에 나무꾼이 나무를 할 때
불어주는 고마운 바람이며
인간미가 넘실대는 훈풍입니다.

촛불입니다.
자신을 태우고 또 태워서
세상을 밝히는

타다가 타다가 재가 되어
거름이 되어 생명체를 자라게 하는

행복농장입니다.

새싹을 띄우고 기르고 길러서
나눠주고 싸주고

주렁주렁 흐르는 땀방울에
해맑은 미소는 내 가슴을 적셔주고
행복이 무럭무럭 자랍니다.

새입니다.
자유분방 날아갑니다.
한탄강으로 섬진강 보성강
통일전망대 경포대 두타산
해운대 사랑도 오동도 청산도
홍성 단양 청계산 북한산
그리운 님 찾아

형제입니다.
맛있는 것 같이 먹고 싶어집니다.
아름다운 칸쿤 꽃피는 영취산
파도치는 울릉도 양떼 목장

다정히 손 내밀고 함께
걸어가고 싶습니다

오솔길입니다.
걸으면 힘이 나고
미소가 절로 나며
기분이 좋아집니다.

별이 떴다 달이 떴다.
영식이 형님이 곁에 있다
흥룡이 형님이 오셨다가
연서 동생이 왔다가

그대는 무엇입니까?

박형수 저자의 삶의 향기가
대한민국 방방곡곡에 전파되어
행복에너지로 승화되리라
믿어 의심치 않습니다!

－ **권선복**(도서출판 행복에너지 대표이사,
대통령직속 지역발전위원회 문화복지 전문위원)

요즘 뉴스를 보다 보면 우울한 이야기가 많습니다. 하루하루 어렵고 힘들게 살아가는 우리 국민들…. 하지만 어렵고 힘들더라도 우리네 삶의 모습보다 더 아름다운 광경은 세상 어디에도 없습니다. 다만 그 단순한 진리를 잊고 살아갈 뿐입니다. 좋은 말씀, 좋은 이야기를 통해 삶의 따뜻한 풍경과 미담 사례를 전하는 이들이 이를 증명해주고 있습니다.

박형수 저자 역시 늘 온기와 애정이 넘치는 글귀를 주변에 전파해 주시는 분입니다. 이미 에세이집 『인생 뭐 있어!』를 통해 수많은 독자들의 마음에 감동을 전한 바 있는 저자가 이

번에는 시를 통해 다시 한 번 이 힘겨운 세상에 행복한 에너지를 대한민국 방방곡곡에 전파할 준비를 하고 있습니다. 시집『인생의 향기가 느껴지는 풍경』은 평범한 일상 속에서 발견한 향기로운 삶의 풍경을 소박하면서도 따뜻한 시구로 승화시켜 담아내었습니다. 평생을 공직에 재직해 오며, 눈이 오나 비가 오나 매일 새벽 산행을 나서는 저자의 올곧은 심성과 강인한 정신력은 이미 그 자체만으로도 많은 이들에게 귀감이 될 만합니다. 한결같이 "행복한 하루 되십시오!"로 모든 이를 맞이하는 저자의 긍정적인 삶의 태도는 우리가 이 힘겨운 세상을 이겨내기 위해 무엇이 필요한가를 깨닫게 합니다.

올라갈 때 보지 못하였던 꽃을 내려올 때 눈에 들어오듯이 잠시 멈추어 서서 뒤돌아보면 절대 느끼지 못할 아름다운 풍경들이 우리 곁에는 여전히 가득합니다. 박형수 저자의『인생의 향기가 느껴지는 풍경』이 현대인들의 어두운 삶에 한 줄기 따스한 빛을 드리우기를 바라오며, 이 책을 읽는 독자 분들의 삶에 행복과 긍정의 에너지가 팡팡팡 샘솟으시기를 기원드립니다. 오늘도 행복한 하루 되십시오, 오늘도 감사한 하루 되십시오!

하루 5분나를 바꾸는 긍정훈련

행복에너지

'긍정훈련' 당신의 삶을
행복으로 인도할
최고의, 최후의 '멘토'

'행복에너지
권선복 대표이사'가 전하는
행복과 긍정의 에너지,
그 삶의 이야기!

인터파크
자기계발 분야 주간
베스트 1위

권선복 지음 | 15,000원

권선복

도서출판 행복에너지 대표
지에스데이타(주) 대표이사
대통령직속 지역발전위원회
문화복지 전문위원
새마을문고 서울시 강서구 회장
전) 팔팔컴퓨터 전산학원장
전) 강서구의회(도시건설위원장)
아주대학교 공공정책대학원 졸업
충남 논산 출생

책 『하루 5분, 나를 바꾸는 긍정훈련 - 행복에너지』는 '긍정훈련' 과정을 통해 삶을 업그레이드
하고 행복을 찾아 나설 것을 독자에게 독려한다.

긍정훈련 과정은 [예행연습] [워밍업] [실전] [강화] [숨고르기] [마무리] 등 총 6단계로
나뉘어 각 단계별 사례를 바탕으로 독자 스스로가 느끼고 배운 것을 직접 실천할 수 있게 하
는 데 그 목적을 두고 있다.

그동안 우리가 숱하게 '긍정하는 방법'에 대해 배워왔으면서도 정작 삶에 적용시키지 못했던
것은, 머리로만 이해하고 실천으로는 옮기지 않았기 때문이다. 이제 삶을 행복하고 아름답
게 가꿀 긍정과의 여정, 그 시작을 책과 함께해 보자.

『하루 5분, 나를 바꾸는 긍정훈련 - 행복에너지』

중국 사회 각 계층 분석

양효성 지음, 이성권 번역 | 값 27,000원

"한중 수교 20여 년, 우리는 과연 중국에 대해 얼마나 깊이 알고 있는가?" 중국의 발자크라 불리는, 중국 최고의 知靑 양효성의 10년에 걸친 역작! 이 책은 모택동 사후 시기의 중국(中國) 사회를 가장 심층적으로 분석하고 있다. 인문학적 시각으로 들여다본 중국사회에 대한 깊은 연구는 대한민국의 성장과 밝은 미래를 위한 하나의 전환점을 제시하고 있다.

제안왕의 비밀

김정진 지음 | 값 15,000원

『제안왕의 비밀』은 대한민국을 대표하는 14인의 제안왕 이야기를 담아내고 있다. 자신의 삶은 물론 몸담고 있는 조직까지 변화시키는 제안의 놀라운 비밀을 이야기한다. 제안 하나로 청소부, 경비원, 기능공에서 대기업 임원, 교수, CEO로 등극하는 드라마 같은 인생이 펼쳐진다. 또한 제안왕이 되기 위해 반드시 숙지해야 할 십계명과 비결 등을 공개한다.

그대 늦었다고 걱정 말아요

감민철 지음 | 값 13,800원

『그대, 늦었다고 걱정 말아요』는 바로 이렇게 힘겨운 시기를 보내고 있는 젊은이들에게 따뜻한 위로의 메시지를 전하는 책이다. 현재 주어진 암울한 환경이 아닌, 어려움을 통해 더욱 성장하게 될 미래의 자신을 바라보라고 주문한다. 우리가 늘 부정적으로만 여겼던 고난의 진정한 의미는 과연 무엇일까? 지금 이 책에서 그 해답을 확인해보자.

주인공 빅뱅

이원희 지음 | 값 13,800원

세상의 기준은 상대평가에 따르기 때문에 항상 서로를 비교하게끔 만든다. 그 과정에서 우리는 우월감과 열등감을 오가며 천국과 지옥을 경험하곤 한다. 하지만 『주인공 빅뱅』은 그러한 악순환에서 벗어나 자기 자신이 평가의 기준이 될 것을 권한다. 스스로가 객관적으로 자기 자신을 평가함으로써 정서적 · 지적 · 영적 · 인격적 성장을 이룰 필요에 대해 강변한다.

압둘라와의 일주일
서상우 지음 | 값 12,500원

『압둘라와의 일주일』은 누구나 한번쯤은 고민해봤을 본질적인 인생의 문제들을 풀어나가고 있는 책이다. 특히 '압둘라'라는 인물을 통해 어려운 고민들에 명쾌하게 답하는 형식을 취하고 있는 점이 흥미롭다. 아무리 상처받고 버림받는 아픔을 경험했을지라도 이 세상에 소중하지 않은 사람은 없다. 그렇기에 이 책의 주인공은 당신이라고 저자는 이야기한다.

제4차 일자리 혁명
박병윤 지음 | 값 15,000원

JBS일자리방송의 박병윤 회장이 전하는, '일자리 혁명을 통해 선진국으로 도약할 대한민국의 청사진'을 담은 책이다. 현재 대한민국의 일자리 문제가 현 정부에서 추진하는 창조경제 정책이 올바로 시행되지 않고 있음에서 그 원인을 찾고 '방통융합 활용 일자리창출 콘텐츠'의 실행을 통해 일자리 혁명을 일으켜 해결책을 찾을 것을 제안하고 있다.

금융회사의 통제위기
김양권 지음 | 값 25,000원

선진은행들은 우리나라보다 더한 성과주의 문화 속에 살고 있지만 그들의 금융사고는 우리보다 훨씬 적다고 한다. 이 책은 그 이유는 무엇인지를 세심히 살펴보고, 오랫동안 선진국의 금융관행을 보고 배웠음에도 우리 금융회사들이 놓치고 있는 것에 대해 제시한다.

나의 살던 고향은
강순교 지음 | 값 15,000원

연어처럼 삶을 다하기 전에 거세고 잔인한 현실의 물살을 거슬러 고향과 고국을 찾아온 저자의 인생사는 그 자체만으로도 충분히 감동적이다. 그래서 이 책은 한 개인의 위대한 역사일 뿐 아니라 궁극적으로 통일이 되어야 할 이유를 독자들의 가슴에 깊이 새겨주고 있다.

귀뚜라미 박사 239

이삼구 지음 | 값 17,000원

저자는 '귀뚜라미'가 지금의 대한민국 실정에 가장 적합한 미래인류식량이라고 강력히 주장한다. 단백질, 비타민, 무기질, 불포화지방산 등 영양소가 풍부하게 함유되어 있기 때문이다.이렇게 영양학적으로 완벽하고 환경친화적인 귀뚜라미는 향후 발생할 식량위기에 대처하는 데 최적의 상품임을 이 책은 말하고 있다.

신입사원은 무엇으로 성장하는가

홍석환 지음 | 15,000원

저자는 30년 동안 인사 분야 전문가로 삼성, GS칼텍스, KT&G와 같은 대기업에서 근무해 왔다. 다양한 인사 경험과 이론을 쌓고 자신만의 컨설팅을 바탕으로 사회 내에서 자신의 자리를 공고히 하는 데 힘써온 사람이다. 그의 이러한 노하우가 담겨있는 인사교육 현장의 목소리에 우리는 귀 기울여야 할 것이다.

대한민국을 읽다

김영모 지음 | 값 17,000원

『대한민국을 읽다』는 1934년부터 1991년까지의 대한민국, 그 생생한 역사의 주요 현장을 도서와 문서 자료를 통해 들여다본 책이다. 25년 가까이 국회도서관에서 근무를 했고 출판사의 대표직을 맡으며 평생 책과 함께해 온, 지금도 산더미처럼 쌓인 책의 틈바구니에 간신히 몸을 밀어 넣어 책과 씨름하고 있는 한 독서인의 뜨거운 열정을 고스란히 담고 있다.

도담도담

티파니(박수현) 지음 | 값 15,000원

『도담도담』은 종로 YBM어학원에서 16년째 강의를 하고 있는 인기강사 '티파니' 박수현이 2030 청년들에게 들려주는 행복의 메시지다. 때로는 두 손을 꽉 붙잡고 어깨를 도닥여주는 위로를, 때로는 정신이 번쩍 들게 하는 일침을, 때로는 경험에서 진득하게 우러나온 조언을 친근한 언니 혹은 누나의 목소리로 전하고 있다.

사랑해야 운명이다
김창수 지음 | 값 12,500원

책 『사랑해야 운명이다』은 2015 한국HRD대상 명강사 부문 대상 수상자이자 희망아카데미 대표인 김창수 저자의 '세상을 향한 따뜻한 사랑을 담은 시집(詩集)'이다. 독자의 마음에 깊은 흔적이 아닌, 가만히 가져다대는 따뜻한 손과 같은 온기를 전하며 "살아 있는 한, 희망은 유효하다."라는 평범한 진리를 진솔한 목소리로 노래한다.

리콴유가 말하다
석동연 번역 · 감수 | 값 17,000원

이 책은 하버드 대학의 그래엄 앨리슨 교수, 로버트 블랙윌 외교협회 연구위원이 리콴유 전 총리와의 인터뷰, 그의 저서와 연설문을 편집하여 출간한 책이다. 총 70개의 날카로운 질문에 리콴유는 명쾌하고 직설적이며 때로는 도발적으로 답변한다. 도처에 실용주의자로서의 그의 진면목이 잘 드러나 있으며 깊이 있는 세계관과 지도자관을 음미할 수 있다.

치매도 시가 되는 여자
류 자 지음 | 값 13,500원

책 『치매도 시가 되는 여자』는 실제로 치매에 걸린 시어머니를 8년째 모시고 있는 한 며느리가 조금은 불편하지만 그 어느 가정과 다를 바 없이 행복한 일상에 대해 담은 책이다. 치매가 느닷없이 가져온 삶의 비애가 더 커다란 행복으로 승화되는 과정을 시와 에세이를 통해 그려내고 있다.

갈 길은 남아 있는데
김래억 지음 | 값 25,000원

책 『갈 길은 남아 있는데』는 격동기에 태어난 한 사람이 역사의 비극 가운데에서 고뇌하며 조국의 근대화에 대한 열망을 품고 축산업과 대북 사업에 일생을 바치며 산업역군으로 성장해가는 과정을 담고 있다. 남북을 넘나들며 통일의 물꼬를 트고자 노력했던 저자의 헌신이 감명 깊게 다가온다.